Claire McNab
Geheimer Kreis

Claire McNab

Geheimer Kreis

Offensive Krimi

aus dem amerikanischen Englisch
von Gerlinde Kowitzke

Frauenoffensive

1. Auflage, 1997
© Naiad Press, Inc., 1996
Originaltitel: Inner Circle
© deutsche Übersetzung: Verlag Frauenoffensive
(Knollerstr. 3, 80802 München)

ISBN 3-88104-290-3

Druck: Clausen & Bosse, Leck
Umschlaggestaltung: Frauke Bergemann, München

Dies Buch ist gedruckt auf Papier aus chlorfrei gebleichtem Zellstoff.

Die Personen

Carol Ashton . . . . .Kriminalkommissarin
Mark Bourke . . . . .Kriminalinspektor
Madeline Shipley . . . . .Fernsehmoderatorin
Kent Agar . . . . .Parlamentsabgeordneter
Maggie Agar . . . . .seine Frau
Scott Agar . . . . .sein Sohn
Elaine Cosil-Ross . . . . .Grundbesitzerin
Stuart Cosil-Ross . . . . .ihr Bruder
Hannah Turner . . . . .dessen Frau
Rick Turner . . . . .Farmer
Beryl und Herb Bernett . . . . .Hotelbesitzer
Lizbeth Hamilton . . . . .Zeitungsverlegerin
Becca Hamilton . . . . .ihre Tochter
Bob Donnovan . . . . .Eisenwarenhändler
Eliot Donnovan . . . . .sein Sohn
John Webb . . . . .Schulrektor
Denise Cleever . . . . .Geheimdienstagentin
Gwen Pickard . . . . .Geheimdienstagentin
Ken Kirk . . . . .Konstabler
Ned Millett . . . . .Konstabler
Doug Rush . . . . .Konstabler

Prolog

Kein Mond war zu sehen. Nichts rührte sich in der Allee. Noch lagen die von gepflegten Rasenflächen und Blumenbeeten umgebenen Villen im Dunkeln. In der Ferne bellte ein Hund. Dann war es wieder still.

Ohne Licht näherte sich der verbeulte Kombi und hielt vor einem Haus in der Mitte der Straße. Vertrocknetes Laub knackte unter den Rädern. Eine getigerte Katze, die ihr Revier durchstreifte, flüchtete unter einen Busch und beobachtete die Eindringlinge.

Die beiden Männer waren flink. Sie sprachen nicht, nur der eine ächzte unter dem Gewicht, als sie den ersten der beiden eingewickelten Gegenstände aus dem Wagen luden.

Leise raschelte Plastik, als sie die großen Müllsäcke entfernten. Der größere der beiden Männer zerrte die Leichen im taufeuchten Gras in die richtige Position.

Mit seiner Arbeit zufrieden, blickte er zum Haus hinauf. „Verräter", sagte er leise.

Als sie abfuhren, schaltete sich zischend der Rasensprenger an.

1

Kriminalinspektor Mark Bourke blinzelte, als er sich unter das blauweißgestreifte Plastikband duckte, das den Tatort absperrte. Die Herbstnächte waren schon kühl, doch die blendende Sonne hatte noch genug Kraft, selbst am frühen Morgen. Obwohl der von Bäumen gesäumte Burma Drive zum großen Teil abgesperrt war, hatten sich an allen günstigen Punkten Schaulustige aufgebaut, manche sogar mit Fernglas bewaffnet.

Bourke blickte sich nach dem Pulk der Presse- und Medienfahrzeuge um. Reporter umzingelten den Polizeiarzt, der sich mit Mühe den Weg zu seinem Wagen bahnte. Bourkes offenes, im allgemeinen freundliches Gesicht verdüsterte sich zornig. Er winkte einen uniformierten Polizisten heran und blaffte: „Halten Sie uns die Presse vom Leib. Soweit möglich. Und verhindern Sie, daß sie sich Zugang zu den Nachbarhäusern verschaffen, um die Leute zu interviewen."

Der Polizist blickte skeptisch auf die anschwellende Menge. „Wir können's versuchen, aber –"

„Tun Sie's einfach."

Die Aktivität der Kripo konzentrierte sich auf den unteren Rand eines von der Straße leicht ansteigenden Rasengeländes, das frischgemäht und selbst nach dem langen heißen Sommer noch immer grün war. Weiße Stellwände schirmten den Tatort vor den Kameras der Medien ab. Auf der rechten Seite des Rasens befand sich eine kurze Auffahrt zu einer Doppelgarage. Weiße Sandsteinstufen führten zu dem großen soliden, aber nicht sonderlich auffälligen Haus. Es war ein ebenerdiger Bungalow aus hellen Klinkern mit braungeziegeltem Dach darüber. Sandsteinkübel mit herrlich blühenden Blumen und Pflanzen waren ringsum aufgestellt, um die unauffällige Schlichtheit wettzumachen. Die beige gestrichene Haustür war fest verschlossen, doch Bourke war sicher, daß sich die weißen Gardinen im Vorderzimmer kaum merklich bewegten.

Böse starrte er zu dem Nachrichtenhelikopter hinauf, dann wandte er sich dem Tatort zu. Der Fotograf packte gerade sein Material ein, während er einem Beamten der Spurensicherung einen epischen Witz erzählte. Die beiden brachen in Lachen aus, ungerührt von den vor ihnen liegenden starren Häuptern, über denen die Fliegen schwirrten, angelockt vom Geruch des Todes.

Die Leichen waren exakt auf dem Rasen ausgerichtet, die Arme auf den Rücken gebunden, die Füße gefesselt. Beide trugen Jeans und blutdurchtränkte T-Shirts. Der jüngere Tote lag mit offenem Mund und verbundenen Augen Fuß an Fuß mit dem älteren, stämmigeren Leichnam, dessen Mund fest geschlossen war, als hätte er die tödliche Salve auf seine Brust mit aller Standhaftigkeit erwartet. Die Toten lagen V-förmig angeordnet mit den Köpfen zur Straße. Eine zusammengerollte Zeitung befand sich an der Hüfte des Älteren.

„Ein ziemlicher Schock für den Zeitungsboten", sagte Bourke zu Liz Carey, der Leiterin der Spurensicherung. „Ich glaube kaum, daß die übrigen Anwohner ihre Morgenzeitung pünktlich zum Frühstück bekamen."

Die kleine vierschrötige Liz mit der eisgrauen Mähne grinste Bourke an. „Haben Sie die Schlagzeile gesehen? Paßt wie Faust aufs Auge."

Er beugte sich vor, um einen Blick auf die Zeitung zu werfen. Die schwarzen Lettern lauteten: TODESSTRAFE GEFORDERT. Und der kleinere Untertitel erklärte: *Agar attackiert die Kritiker. ‚Laßt das Volk entscheiden!'*

„Das ist in den Wind geschissen", sagte Liz. „Sie werden die Todesstrafe nie wieder einführen."

„Mr. Agar glaubt, er kann sagen und tun, was er will", erklärte Bourke zornig. Er blickte zum Haus hinauf. „Ich wette, er wartet nur auf das richtige Timing für seinen großen Auftritt vor den Kameras."

„Er ist Politiker, da ist das halt so, doch selbst so einer wird sich hüten, aus dieser Sache Publicity zu schlagen."

Bourke stopfte die Hände in die Taschen. „Glauben Sie wirklich? Wie es scheint, hat die gesamte Presse inzwischen Wind von der Sache gekriegt."

Liz grinste über seinen bissigen Ton. „Ist Kommissarin Ashton schon auf dem Weg? Dann kommt gleich die ganze Journaille gerannt." Sie deutete auf die exakt ausgerichteten Leichen. „Ich kann nur ahnen, wie sie dieses kleine Arrangement ausschlachten werden. Was meinen Sie?"

Bourke schlug irritiert nach einer Fliege vor seinem Gesicht. „Was weiß ich. Irgendein Ritual... Ein Initial?"

Liz sah ihn von der Seite an. „Ist Ihnen 'ne Laus über die Leber gelaufen, Mark?"

Er grunzte. In diesem Moment kam Aufruhr in die versammelte Presseriege. Blondes Haar leuchtete in der Sonne auf. Bourke sah, wie Carol Ashton hocherhobenen Hauptes zielstrebig durch die Gasse der Reporter schritt, ihnen grüßend zunickte, ohne innezuhalten. Sie arbeiteten inzwischen seit vielen Jahren zusammen, und er achtete sie, sowohl als Freundin wie als Kollegin. Dennoch wurde ihm gelegentlich bewußt, bei einem Auftritt wie diesem zum Beispiel, wie verblüffend diese kühle Schönheit war. Sie strahlte Zielbewußtheit, Entschlußkraft und Professionalität aus – all das, was sie tatsächlich besaß –, aber er kannte sie gut genug, um auch den Ärger in ihrem Gesicht zu lesen.

Carol verzog den Mund, als sie zu ihnen trat. „Ihr hättet mich vor der Meute warnen können."

Liz Carey grinste. „Ich dachte, Sie wären daran gewöhnt, schließlich sind Sie bekannt wie ein bunter Hund."

Stirnrunzelnd sah Carol zum Haus hinauf. „Das hab' ich Agar zu verdanken. Hat er schon seinen großen Auftritt gehabt?"

„Noch nicht", sagte Bourke. „Ich wollte den Kerl dir überlassen."

„Besten Dank." Carol richtete ihr Interesse auf die beiden sorgfältig arrangierten Leichen im Gras.

„Kunstvoll drapiert, hm?" fragte Liz Carey mit großer Geste. „Ich war sicher, daß Sie die Toten sehen wollten, ehe wir an die Arbeit gehen."

„Wurden sie so gefunden?"

„Genau so. Und niemand hat sie angerührt, zumindest nicht, seit der Rasensprenger irgendwann heute nacht in Betrieb gegangen ist. Das Gras unter den Leichen ist vergleichsweise trocken."

„Personalien?"

„Fehlanzeige." Bourke schüttelte den Kopf. „Jemand hat ihre Taschen ausgeleert."

„Hat jemand von den Nachbarn irgend etwas gehört oder gesehen?"

„Ich habe ein Team zur Befragung in sämtliche Häuser geschickt. Und Anne Newsome ist auf dem Revier, um das Protokoll des Zeitungsboten aufzunehmen, der die Leichen entdeckt hat. Aber ich glaube nicht, daß uns das weiterhelfen wird."

„Liz? Was haben Sie mir zu bieten?"

„So ziemlich das, was Sie vor sich sehen, Carol. Wie es scheint, wurden die beiden gefesselt, ihnen wurden die Augen verbunden, und dann hat man ihnen in die Brust geschossen. Etliche Wunden. Die Leichenstarre bei beiden ist relativ fortgeschritten, so daß der Zeitpunkt des Todes etwa vor zwölf Stunden liegen dürfte." Sie gluckste. „Und ich glaube, daß es jemand bemerkt hätte, wenn sie schon seit gestern hier lägen. Somit wurden sie hergebracht – irgendwann nach der Hinrichtung."

„Hinrichtung?" Carol runzelte die Stirn.

Liz winkte sie zu dem Leichnam des Jüngeren. Mit ihrem Kugelschreiber hindeutend, erklärte sie: „Sehen Sie hier. Sie können Reste von gelbem Stoff an der Sicherheitsnadel erkennen. Jemand hat ihnen eine Zielscheibe aus Stoff über dem Herzen angeheftet." Sie deutete auf eine Wunde in der linken Schulter. „Allerdings waren nicht alle Meisterschützen."

„Ein ziemlicher Lärm", konstatierte Bourke. „Mit Sicherheit wäre in der Nachbarschaft jemand aufgewacht, hätte die Sache irgendwo in der Stadt stattgefunden. Ich habe bereits eine Anfrage an alle Polizeiwachen in der Stadt gestartet, um zu sehen, ob sich irgendwer über die Ballerei beschwert hat."

Die drei traten zurück, als zwei Zinkwannen über den Fußweg gerollt wurden. „Können wir sie jetzt mitnehmen?" fragte Liz.

„Sicher." Carol sah zu, wie die beiden starren Leichen hineingelegt wurden. Sie musterte aufmerksam das Gras mit den Abdrücken der beiden Toten. „Haben Sie hier irgend etwas entdeckt?"

„Nur dies", erklärte Liz und zog eine Klarsichttüte hervor. „Es ist ein Medaillon an einer zerrissenen Kette. Ansonsten haben sie nichts hinterlassen. Hoffentlich haben wir bei den Leichen und der Kleidung mehr Glück."

Leben kam in die Presseleute. Carol blickte auf. „Welch eine Überraschung", sagte sie. „Kent Agar rüstet sich für den großen Auftritt."

Ein Mann war oben aus der Haustür getreten. Er war relativ klein und zierlich und trug einen maßgeschneiderten anthrazitfarbenen Dreiteiler, dazu als Markenzeichen seine rote Fliege. Agar stand einen Moment da – Bourke konnte sich eine saure Bemerkung über Effekthascherei nicht verkneifen –, ehe er langsam die Sandsteinstufen herabschritt.

Bevor er noch halb unten war, verstellte ihm Carol den Weg. „Mr. Agar? Ich habe ein paar Fragen an Sie. Könnten wir ins Haus gehen?"

Agar hielt eine Stufe über ihr. Sie war einen halben Kopf größer als er, so daß sie sich Augen in Auge standen. Sie wußte genau, daß er sich absichtlich in Szene setzte, da die Weitwinkelobjektive der Kameras auf sie gerichtet waren. Er hatte ein hageres, scharfkantiges Gesicht und spitzgewölbte Augenbrauen, so daß er beständig überrascht wirkte. Sein rotes Haar, das sich bereits lichtete, ließ Carol unvermittelt an Sybil denken und an ihre herrliche rote Mähne.

Agars schmaler Mund verzog sich zu einem hämischen halben Lächeln. „Sie wollen mich wohl von meinem Publikum fernhalten, Kommissarin? Fürchten Sie, ich könnte die Gesetzeshüter verunglimpfen... oder *Sie?*"

„Ich hätte gedacht, was mich angeht, haben Sie Ihr Pulver inzwischen verschossen... selbstredend unter parlamentarischer Immunität, wie ich anmerken möchte."

Er lachte kurz bei ihrem sarkastischen Ton. „Sie würden mir eine Klage anhängen, wenn ich außerhalb des

Parlaments rede, nicht wahr, Kommissarin? Dabei habe ich nur die Wahrheit gesagt – Sie *sind* sexuell entartet, oder etwa nicht? Und deshalb sind Sie nach meiner Ansicht untauglich für diese Position." Er neigte den Kopf und sah sie herausfordernd an.

Carol zuckte nicht mit der Wimper. „Wissen Sie, um welche Uhrzeit sich der Rasensprenger anschaltet?"

„Sie wechseln das Thema, Kommissarin?"

Carol wartete. Agar machte eine ungeduldige Handbewegung. „Keine Ahnung. Ich habe dieses Haus gerade erst gekauft, irgendwo muß es eine Zeituhr geben."

„Haben Sie sich die Leichen aufmerksam angesehen?"

„Natürlich nicht." Die Frage empfand er eindeutig als Affront. „Erst als ich die Sirenen hörte, habe ich bemerkt, daß etwas passiert war. Nichts liegt mir ferner, als mich den Gaffern anzuschließen, die wie Schmeißfliegen sind." Er verzog den Mund zu einem kleinen blasierten Lächeln. „Allerdings habe ich den Polizeichef und den Innenminister angerufen... Aber das wissen Sie vermutlich bereits."

Durch die Konzentration auf ihren Job brachte sie ihre Wut noch immer am besten unter Kontrolle, deshalb fragte sie ungerührt: „Wären Sie einverstanden, sich die Toten anzusehen, ob Sie sie eventuell identifizieren können?"

„Sie identifizieren?" wiederholte er starr vor Zorn. „Meines Erachtens hätten die Leichen überall abgeladen werden können. Mein Pech, daß es gerade bei mir geschah."

Carol sah ihn unverwandt an. „Es besteht die vage Möglichkeit eines Zusammenhangs mit Ihnen aufgrund Ihrer Rolle als Abgeordneter."

„Das ist unwahrscheinlich." Sein Ton klang verächtlich. „Sie versuchen lediglich, mich in irgendeinen schäbigen kleinen Drogendeal, der eskaliert ist, hineinzuziehen."

„Daß zwei Leichen ausgerechnet auf Ihrem Rasen so

sorgfältig drapiert wurden, erscheint mir ziemlich merkwürdig, Mr. Agar."

Er starrte auf die Vorgänge unten auf seinem Rasen, dann blickte er Carol an. „Es dürfte sich kaum herumgesprochen haben, daß ich hier wohne, da ich erst letzte Woche eingezogen bin. Also hat es nichts mit mir zu tun." Streitlustig hielt er ihr sein Gesicht vor die Nase. „Ich gebe Ihnen also den guten Rat, Kommissarin Ashton, mich in Ruhe zu lassen, und sich um Ihre Arbeit zu kümmern."

„Es würde nur einen kurzen Moment Ihrer Zeit in Anspruch nehmen", erklärte Carol unnachgiebig.

Sein Mund wurde schmal. „Na gut!" Er schob sie beiseite, marschierte die letzten Stufen zu Bourke und Liz Carey hinunter und warf einen flüchtigen Blick auf die Wannen mit den Leichen. Sein Kopf fuhr zurück. „O Gott!" rief er leise, doch Carol war nah genug hinter ihm.

„Sind Sie okay?" Bourke stützte Agar am Ellbogen.

Agar war aschfahl im Gesicht. Er taumelte, es schien, als ob er ohne Bourkes Hilfe in sich zusammensackte. „Können Sie die Augenbinde abnehmen?" krächzte er. „Der Junge..."

Carol ergriff stützend seinen anderen Arm. „Nein, das ist nicht möglich. Sie wird erst später entfernt, wenn sie im Leichenschauhaus sind. Möchten Sie sich setzen?"

Mit sichtlicher Mühe richtete Agar sich auf. „Ich möchte ins Haus gehen."

„Sie erkennen den jüngeren Mann", sagte Carol, und es war keine Frage.

Agar nickte zögernd. „Ich bin mir nicht sicher, aber es könnte..."

„Wer?" hakte Bourke sofort nach.

„Ein Freund meines Sohnes. Dean Bayliss. Aber das kann doch nicht sein..."

15

2

Eine halbe Stunde später kamen Carol und Bourke die Stufen von Kent Agars Haus herab. Es war ihnen nicht gelungen, den Politiker zu einer Aussage zu bringen. Sobald er das Haus betreten hatte, war er ins Badezimmer gestürzt und hatte sich geräuschvoll übergeben. Bleich und zitternd war er zurückgekehrt und hatte die Antwort auf jegliche Frage verweigert. Als Carol sich besorgt erkundigte, ob er aus irgendeinem Grund Personenschutz brauche, war er fuchsteufelswild geworden. Er wolle seinen Hausarzt rufen und bitte sie, endlich zu gehen.

Draußen stand die Sonne inzwischen höher, und es war wärmer geworden. Nach dem Abtransport der Leichen waren die Schaulustigen auf ein kleines Häufchen zusammengeschmolzen. Doch die Presse harrte aus.

Sobald sie herankamen, entstand ein Getümmel. Kameras wurden geschultert, Aufnahmegeräte und Mikrophone überprüft.

„Die Geier riechen Blut", sagte Bourke. „Agars Reaktion ist ihnen bestimmt nicht entgangen."

Kaum waren die beiden in Hörweite, prasselten Fragen auf sie ein. Carol schüttelte den Kopf zum Zeichen, daß die Reporter kein Wort aus ihr herausquetschen würden. Diese Weigerung schien eine überaus hartnäckige Journalistin erst richtig anzustacheln. Das Mikrophon wie ein Schwert in der Hand, duckte sie sich unter dem Absperrband durch, wich einem Polizisten aus, stürmte zu

Carol und hielt ihr das Mikro vors Gesicht. „Kommissarin Ashton! In welcher Weise ist Kent Agar in die Sache verwickelt? Hat er die Leichen identifiziert?"

„Ich kann im Augenblick nichts dazu sagen", erklärte Carol gelassen. „Wir stehen ja erst am Anfang unserer Ermittlungen."

Der ausgetrickste Polizist packte die Reporterin am Arm und führte sie weg. „Kommissarin", rief sie über die Schulter, „was sagen Sie zu Agars Attacke auf Sie letzte Woche..."

Carol tat, als habe sie nichts gehört, und sagte zu Bourke, indem sie der Presse den Rücken kehrte: „Mark, falls Agar nicht nur am Rand involviert ist, wird man mich von dem Fall abziehen."

„Nachdem er die Attacken auf die Polizei geritten hat, werden ihn alle Cops hassen."

„Stimmt, aber die waren genereller Natur – die auf mich war persönlich. Man wird kaum annehmen, daß ich danach noch unvoreingenommen bin."

Bourke grinste zynisch. „Und bist du es etwa nicht?"

Carol blickte zu Agars Haus hinüber. „Falls du damit meinst, ob ich erschüttert wäre, wenn dem kleinen Arschloch irgendwas zustößt, lautet die Antwort eindeutig ‚Nein'. Was nicht heißt, daß ich nicht eine faire Untersuchung durchführen kann."

„Ich würde Agar liebend gern festnageln."

Bourkes Stimme war so haßerfüllt, daß es Carol die Sprache verschlug. Er war ein freundlicher, ausgeglichener und objektiver Mann, der sich von den gemeinsten Verbrechen oder ekelhaftesten Verdächtigen nur selten aus dem seelischen Gleichgewicht bringen ließ. „Agar geht dir echt unter die Haut, stimmt's?"

„Ich wüßte gar nicht, wieso", sagte Bourke ironisch.

„Ich meine, Agar ist nichts weiter als ein kleinkarierter, selbstherrlicher Heuchler, ein Verfechter des weißen Australien, der Waffenlobby und anderer Gruppierungen, der es offenbar nötig hat, sich unter parlamentarischer Immunität in wildesten Anwürfen zu ergehen."

„Gut, gut, du hast mich überzeugt!"

Er grinste über ihren trockenen Ton. „Pardon, aber ich kann diesen Kerl tatsächlich nicht ausstehen."

Carol war in Gedanken bei dem Leichenabdruck im Gras und wechselte das Thema. „Sagt dir die V-förmige Anordnung irgend etwas? Ich denke, wir können davon ausgehen, daß das Arrangement beabsichtigt war. Hat es irgendeine Bedeutung in bezug auf Agar?"

„Keine Ahnung. Wie ich schon zu Liz gesagt habe, könnte es ein Symbol oder Initial sein. Daß es ein alphabetischer Buchstabe sein muß, ist nicht gesagt – umgedreht sind es nur zwei Linien in spitzem Winkel."

„Kommissarin?" Ein junger Polizist kam mit rotem Gesicht herbeigeeilt. „Ich habe herausgefunden, daß der Rasensprenger so eingestellt war, daß er um drei Uhr dreißig anfing, für eine halbe Stunde... Und..." Er hielt triumphierend inne. „Ich habe jemanden gefunden, der gesehen hat, wie die Leichen dort hingeschafft wurden!"

Stolz führte er Bourke und Carol zum Haus gegenüber von Agar. Es war ein hübsches Gebäude mit geräumigen Erkern und großen Panoramafenstern, das ein bißchen heruntergekommen wirkte. Ein ungekämmter, unrasierter Mann in mittleren Jahren erwartete sie oben auf der kleinen Treppe. Er stellte sich vor und schüttelte Carol die Hand. „Hal Brackett, Kommissarin. Wie ich dem Polizisten schon sagte, hab' ich vielleicht was gesehen..."

Er führte sie hinein. Im Wohnzimmer herrschte Durcheinander, Zeitungen stapelten sich neben einem Lehnstuhl, auf dem Couchtisch standen schmutzige Gläser, eine fast leere Whiskyflasche und ein überquellender Aschenbecher. Brackett sah sich um. „Sie müssen das hier entschuldigen."

Bourke kam höflich zur Sache: „Sie sind in der Lage, uns bei den Ermittlungen zu helfen?" Was Brackett ein müdes Lächeln entlockte.

„Vielleicht ist es ja nicht von Bedeutung...", sagte er gedankenverloren. Er machte eine vage Handbewegung. „Ich hab's nicht so mit der Haushaltsführung."

Nach einer Pause fragte Carol: „Mr. Brackett, Sie haben in der Nacht etwas gesehen oder gehört?"

Brackett seufzte. „Ich hab's dem Polizisten schon erzählt, ich konnte nicht schlafen... Deshalb hab' ich auch vorhin das Klingeln nicht gehört... Irgendwann bin ich dann doch eingeschlafen." Wieder schwieg er.

„Mr. Brackett?"

Auf Carols Drängen seufzte er wieder. „Heute morgen, so gegen halb vier bin ich aufgestanden, weil ich nicht schlafen konnte. Ich bin im Dunkeln hierher gegangen und..." Er sah auf die Whiskyflasche. „Ich hab' etwas getrunken", und entschuldigend fügte er hinzu: „Nur damit ich einschlafen konnte."

„Und?"

„Und dann bin ich ans Fenster gegangen und hab' rausgeschaut. Aus keinem besonderen Grund, nur so zum Zeitvertreib. Da stand dort ein Kombi, ein dunkler Volvo, auf der anderen Straßenseite. Ich hab' ihn bemerkt, weil er ohne Licht abgefahren ist, ohne Licht, bis er an der Ecke um die Kurve gebogen ist."

„Sind Sie sicher, daß es ein Volvo war? Es war letzte Nacht ziemlich dunkel, Mr. Brackett, es schien kein Mond, und in dieser Straße sind sehr viele Bäume."

19

Er zog die Mundwinkel herab. „Es war ein Volvo", beharrte er. „Meine Frau... meine Exfrau fährt auch so einen. Dunkelbraun lackiert." Er hielt einen Moment inne und fügte dann hinzu: „Ich habe das Auto gehaßt."

Draußen zog Bourke eine Grimasse und sagte zu Carol: „Ich werde prüfen, ob ich den beschriebenen Wagen auf der Liste der gestohlen gemeldeten Fahrzeuge finde, aber Brackett ist ein bißchen neben der Tasse, wie verläßlich ist er also?"

„Die angegebene Zeit muß nicht haargenau stimmen, obwohl sie sich mit dem Zeitpunkt des Rasensprengers deckt und die Leichen um drei Uhr dreißig dort gelegen haben müssen. Was den Kombi anbelangt, denke ich, er hat diesen Wagentyp hinreichend gehaßt, um sich daran zu erinnern."

Bourke grinste. „Zumindest hat er nicht angedeutet, daß seine Exfrau am Steuer saß und ohne Licht davonfuhr."

„Nein", sagte Carol. „Hoffen wir, daß er nicht noch auf die Idee kommt."

***

Carols Büro war mit der Standardeinrichtung des Polizeipräsidiums ausgestattet, das Mobiliar unpersönlich, der Anstrich der Wände neutral, und das Fenster ging auf ein anderes ebenso unspektakuläres städtisches Gebäude hinaus. Bei ihrem Eintritt klingelte das Telefon. Oben auf den Papieren, die sich auf ihrem Schreibtisch stapelten, lag eine Notiz von Edgar, dem Kripochef, über der gebieterisch EILT stand. Sie griff zum Hörer und erwartete, seinen eingebildeten Baß zu hören.

„Carol?" Madelines rauchige Stimme hatte einen provokanten Unterton. „Wo warst du gestern abend. Ich habe angerufen, aber du warst nicht zu Hause."

„Ich habe ziemlich lange gearbeitet."

Das stimmte nicht ganz. Es hatte Carol plötzlich und gegen ihre sonstige Art widerstrebt, in ihr leeres Haus zu kommen, und so war sie ins Fitneß-Studio gegangen und hatte sich dort zwei Stunden bis zur Erschöpfung abgerackert.

„Ich habe dich seit Tagen nicht mehr gesehen." Madeline klang eher erstaunt als vorwurfsvoll.

„Ich rufe dich an, sobald ich kann. Ich habe jetzt einen dringenden Termin..."

„Das heißt, du hast nicht die Zeit, um zu hören, daß die Medien einen Hinweis auf die Leichen auf Agars Rasen bekamen, noch ehe die Polizei informiert wurde?"

Carol fuhr kerzengerade in ihrem Sessel hoch. „Bist du sicher?"

„Ich habe mich mit dem Nachrichtenchef hier im Sender unterhalten." Madeline klang sehr zufrieden mit sich. „Bill sagt, das Team der Nachtdienstredaktion von Channel Thirteen sei gleichzeitig mit dem ersten Streifenwagen eingetroffen. Das war gegen Viertel nach sechs. Und wir sind nicht die einzigen gewesen – außer einigen anderen Fernsehanstalten waren die wichtigsten Radiosender ebenfalls informiert worden."

„Wie informiert? Und wann? Gibt es eine Aufzeichnung?"

Madeline lachte leise über Carols knappe Fragen. „Du könntest heute abend zu mir kommen und alles haarklein erfahren."

„Ich muß es jetzt wissen. Wie heißt der Nachrichtenchef?"

Madeline seufzte. „Bill Keith, aber ich kann's dir auch

selbst sagen... Es war ein anonymer Anruf heute morgen um fünf Uhr vierzig. Die Person am Telefon sagte, daß ein Doppelmord passiert sei – die Leichen lägen vor dem neuen Haus von Kent Agar am Burma Drive, und gab die genaue Adresse an und nannte sogar die nächste Kreuzung."

„Madeline, könntest du bitte diese Information geheimhalten, bis wir sie überprüft haben? Es wäre möglich, daß es nur ein Nachbar war, der nicht in die Sache verwickelt werden wollte."

„Du meinst, ich kann diese Story in meiner Sendung heute abend nicht als Aufmacher bringen?" fragte Madeline und tat empört. „Wir versuchen nämlich gerade, Agar heute abend persönlich vor die Kamera zu bekommen, obwohl seine Pressefrau noch nicht definitiv zugesagt hat."

Der *Shipley Report* wurde täglich von Montag bis Freitag um sieben Uhr abends gesendet, Madeline Shipley war eine bedeutende, mächtige Fernsehpersönlichkeit. Ihr Konterfei – kupferrotes Haar, große graue Augen und selbstsicheres Lächeln – blickte die Leute von jedem Bus, aus jeder Zeitschrift, von jeder Reklamefläche an. Ihr Talent, hochkarätige Persönlichkeiten zu interviewen, sorgte für enorme Einschaltquoten, weshalb sich die Prominenz darum riß, in ihrer Sendung aufzutreten.

Bei dem Gedanken, wie erschüttert Agar gewesen war, als sie ihn verlassen hatte, fragte Carol: „Glaubst du wirklich, daß er heute abend im Fernsehen auftritt? Ein Doppelmord kann doch keine gute Publicity sein."

„Darling", sagte Madeline, „für einen wie ihn ist *jede* Publicity gute Publicity." Und dann fragte sie weich in vertraulichem Ton: „Sehe ich dich heute abend nach der Sendung? Bitte, enttäusche mich nicht."

Irritiert spürte Carol ein aufflackerndes Begehren – und das Gefühl der Irritation überraschte sie. „Ich werde dich anrufen, aber wahrscheinlich habe ich zuviel mit diesem Fall zu tun."

Während sie auflegte, grübelte Carol, warum sie sich in Madelines Abwesenheit stark und ganz fühlte, doch in ihrer Gegenwart aus dem Gleichgewicht gebracht. Madeline besaß die beunruhigende Fähigkeit, sie zu irritieren und ihre seelische Balance zu stören. Mit Sicherheit lag es nicht an Madelines besessener Paranoia, ihr Lesbischsein geheimzuhalten – das war nur ein Ärgernis. Und es lag auch nicht daran, daß Madeline so überaus attraktiv war, sondern es hatte irgendwie mit Madelines eisernem Willen zu tun, mit ihrem totalen Selbstvertrauen, mit ihrer innersten Überzeugung, daß sie mit ihrem Charme alles erreichte, und mit ihrer verführerischen Suggestion, daß ihre Gefühle für Carol der einzige Schwachpunkt in Madelines Panzer gegen die Welt seien.

Bourke steckte den Kopf durch die Tür. „Bestimmt hast du den gleichen Befehl unseres Herrn und Meisters auf deinem Tisch wie ich. Es hat nicht lange gedauert, bis Agars Anruf beim Minister und beim Polizeichef durch die Ränge gesickert ist."

Carol stand auf. „Bringen wir es hinter uns."

„Wieso diese Eile? Wir wissen doch, was er uns sagen wird." Bourke drehte sich zu der jungen Frau um, die hinter ihm stand. „Anne ist hier, um dir das Wesentliche der Aussage des Zeitungsboten, der die Leichen gefunden hat, zusammenzufassen."

Anne Newsome sprühte vor Energie. Ihre untersetzte Gestalt hielt sich kerzengerade, das kurze kastanienbraune Haar wirkte wie aufgeladen, und ihr glattes gebräuntes Gesicht strotzte vor Gesundheit und Enthusiasmus. Carol mochte die junge Frau, sie erinnerte sie an sie selbst, als sie sich damals bei der Kripo darum gerissen hatte, sich die ersten Sporen zu verdienen.

Carol setzte sich wieder. „Okay, Anne, schießen Sie los."

„Der Zeitungsausträger – er heißt Dave Flint – fährt jeden Morgen durch die Straßen und wirft die zusammengerollten Zeitungen in die Vorgärten der Abonnenten. Um Viertel vor sechs bog er in den Burma Drive, und weil Agar neu eingezogen war, fuhr er ganz langsam, schaute noch mal in seiner Liste nach, um sich zu vergewissern, ehe er die Zeitung auf den Rasen warf. Dabei sah er die Leichen und wäre fast gegen einen Baum gefahren. Er stieg aus, sah genau hin, dann rief er über sein Handy die Polizei an."

„Hat er sonst noch wen angerufen?" unterbrach Carol.

„Nur seine Zeitung, um zu melden, daß er auf die Polizei warten müsse und deshalb die Zeitungen nicht weiter zustellen könne."

„Und er weiß genau, daß es Viertel vor sechs war?"

Anne nickte. „Haargenau. Er sagt, daß die Leute sehr aufgebracht sind und bei der Zeitung anrufen, wenn die Morgenzeitung nicht pünktlich zum Frühstück da ist. Deshalb fährt er immer um halb sechs los, um pünktlich auszuliefern. Wenn er nicht um Viertel vor sechs am Burma Drive ist, weiß er, daß es Ärger gibt und –"

Das Klingeln des Telefons schnitt ihr das Wort ab. Carol antwortete knapp: „Ja, Mark ist hier... Wir sind schon unterwegs."

Sie legte den Hörer auf. „Anne, während wir beim Chef sind, möchte ich, daß Sie noch mal überprüfen, wann genau Flint die Polizei angerufen hat. Dann rufen Sie sämtliche Nachrichtenredaktionen der wichtigsten Rundfunk- und Fernsehsender und der Presse an. Ich möchte wissen, ob sie schon vorher informiert wurden, daß zwei Leichen auf Agars Rasen liegen. Und ich will haargenau wissen, wann."

„Was hat denn das zu bedeuten?" fragte Bourke auf dem Korridor zu Edgars Büro.

„Madeline Shipley hat angerufen, um zu sagen, daß Channel Thirteen um fünf Uhr vierzig telefonisch einen anonymen Hinweis auf die Leichen erhielt."

„Madeline Shipley", sagte Bourke und grinste bewundernd. „Sie hat die Geschichte am Kanthaken, wie immer." Er blickte Carol von der Seite an. „*Ich* möchte sie nicht auf den Fersen haben – sie gibt niemals auf."

„Wie wahr." Gequält dachte Carol, daß Madeline jedes Mittel recht wäre, ihr Gegenüber in die Zange nehmen zu können. Wenn weder Charme noch subtile Einschüchterung verfingen, fände sie immer eine einflußreiche Person, die ihr einen Gefallen schuldete.

Die Hände in den Hosentaschen, pfiff Bourke nachdenklich vor sich hin. „Der Anruf ist interessant, aber es könnte sich dabei auch bloß um einen Jogger handeln, der die Leichen entdeckte und nicht in die Sache verwickelt werden wollte."

„Wenn außer Madelines Sender auch andere diesen Hinweis vorab bekommen haben, dann liegt irgend jemandem an einer unverzüglichen breiten Öffentlichkeit."

Sie unterbrach sich, als sie die geschlossene Tür des Kripochefs erreicht hatten. Carol klopfte energisch und öffnete. Sein Büro war nicht ganz so profan wie ihres, aber dennoch recht nüchtern. Edgar saß hinter seinem Schreibtisch, wandte den Drehstuhl zu ihnen und bedeutete ihnen, Platz zu nehmen, dann sah er sie einen Augenblick aufmerksam an.

Carol starrte ungerührt zurück. Der Kripochef hatte sich nie als brillanter Ermittler erwiesen, sondern seinen Aufstieg über die Verwaltung gemacht. Carol wußte, daß sie seiner absoluten Unterstützung genau so lange sicher sein konnte, wie er es für klug hielt. Sollte Edgar zu dem Schluß kommen, daß es seiner Karriere in irgendeiner Hinsicht schadete, auf Carols Seite zu sein, würde er sich sofort von ihr distanzieren... es sei denn, daß jemand über ihm die Hand über sie hielt.

Carol war sich sehr wohl bewußt, wie vorteilhaft es für sie war, daß ihr langjähriger Mentor inzwischen zum Polizeichef avanciert war. Natürlich hatte die Sache zwei Seiten. Der Polizeichef hatte sie zweifellos mit Rat und Tat unterstützt – dafür hatte Carol auch immer die besonders heiklen Fälle bekommen, die ihrer Karriere durchaus ein plötzliches Ende bereiten konnten.

„Nun, Carol..." Edgar setzte sein onkelhaftes Lächeln auf, dem sie nicht traute. „Da sitzen Sie ja wieder mal ganz schön in der Klemme." Er stützte die Ellbogen auf den Schreibtisch und bedachte Bourke mit einem Von-Mann-zu-Mann-Blick. „Na, Mark? Was meinen Sie dazu?"

Bourkes Gesicht verfinsterte sich. „Wo immer Agar involviert ist, gibt es zwangsläufig Ärger."

Edgar strich sich mit der fleischigen Hand über das silbergraue Haar. „Der Polizeichef hat sich gerade mit mir unterhalten", erklärte er höchst zufrieden. „Wir hatten ein langes Gespräch über die Situation." Er machte eine vielsagende Pause, um den beiden seine exponierte Stellung nachhaltig vor Augen zu führen. „Daß diese Sache mit Glacéhandschuhen angefaßt werden muß, brauche ich Ihnen wohl nicht zu sagen. Agar bedeutet Ärger, wie Sie sagen, Mark, und er wird nur darauf warten, daß wir einen einzigen falschen Schritt machen. Wie dem auch

sei, ich bin sicher, daß er nur zufällig in die Sache verwickelt ist."

Er wartete mit hochgezogenen silbernen Augenbrauen
auf Zustimmung.

„Es sieht ganz so aus, als sei die Presse noch vor uns
informiert worden, damit die Sache groß in die Schlagzei-
len kommt", sagte Carol.

Das gefiel Edgar sichtbar nicht. „Sie wollen doch wohl
nicht andeuten, daß Agar dafür verantwortlich ist, oder?"

„Die ganze Sache ist genau geplant. Die Leichen wurden zum Haus transportiert und dort auf akkurate Weise
auf dem Rasen drapiert. Es ist ziemlich unwahrscheinlich,
daß es rein zufällig Agars Haus war."

Stirnrunzelnd lehnte sich Edgar in seinem Sessel zurück. „Ich möchte ständig informiert werden, bis ins
Detail. Und ich möchte, daß strengstes Stillschweigen
gewahrt wird – kein vertrauliches Wort zu irgendeinem
Reporter, verstanden?" Seine kurzen dicken Finger trom-
melten auf die Sessellehne. „Wann ist mit der Obduktion
zu rechnen?"

„Morgen früh", antwortete Carol.

„Ich will nicht, daß da irgendwas durchsickert. Offenbar kommt es vor, daß die Presse Obduktionsergebnisse
eher kennt als wir."

„Eine Leiche ist mit Vorbehalt identifiziert worden", erklärte Carol. „Kent Agar glaubte in dem jüngeren Mann
einen Freund seines Sohnes erkannt zu haben."

Der Kripochef blickte bei dieser nächsten unangeneh-
men Nachricht noch finsterer drein. „Ich muß Ihnen wohl
nicht sagen, daß diese Untersuchung sich als Minenfeld
entpuppen kann. Aber ich habe natürlich volles Vertrauen
in Sie beide." Er nagte an seiner Lippe. „Ich hoffe, Sie werden herausfinden, daß Agar nichts mit der Sache zu tun

hat, abgesehen davon, daß jemand zufällig die Leichen auf seinem Gelände abgeladen hat."

Für Carol war der Subtext ganz klar: Lösen Sie den Fall so schnell wie möglich und ohne politisches Nachspiel.

„Wenn Agars Identifizierung stimmt", sagte Bourke, „muß es einen Zusammenhang geben. Es ist kaum zu glauben, daß ein Freund seines Sohnes zufällig tot vor Agars Haus in Sydney liegt."

„Sollte Agar in die Sache verwickelt sein", erklärte Edgar scharf, „wird Carol der Fall entzogen. Nach der Presse, die wir neulich hatten, können wir es uns nicht leisten, daß man einer Kriminalkommissarin Befangenheit unterstellt."

Carol verkniff sich jede Bemerkung. Daß man ihr den Fall entziehen könnte, erfüllte sie in einer bestimmten Hinsicht mit Zorn: Sie wollte die Göttin der Vergeltung sein für die Bestie, die kaltblütig diese Hinrichtung befohlen hatte. Andererseits, was ihr Privatleben anbelangte, wäre es durchaus von Vorteil, nicht unter dem Druck dieser Untersuchung zu stehen. In gut einer Woche käme Sybil aus England zurück, und Carol wollte nicht bis über die Ohren in so einem kniffligen Fall stecken.

Es war, als hätte Bourke ihre Gedanken gelesen. Als er Edgars Tür hinter sich schloß, sagte er: „Sybil ist jetzt seit gut einem Jahr in London, nicht wahr? Pat hat mich erst neulich gefagt, wann sie zurückkommt."

„Irgendwann nächste Woche. Warum?"

Bei ihrem Ton hob er die Hände und tat erschrocken. „He, Carol, es war doch nur eine Frage. Ich habe damit nichts sagen wollen, ehrlich."

Sie lächelte entschuldigend. Bourke und seine Frau Pat waren gute Freunde. „Tut mir leid, Mark. Ich weiß nicht, warum ich da so empfindlich bin."

Natürlich wußte sie es. Ihr Leben war im Begriff, sich zu ändern – *sie* veränderte sich. Ihre Arbeit hatte sie einmal vollkommen befriedigt. Beziehungen waren zweitrangig gewesen... wichtig, ja, aber nicht von zentraler Bedeutung für ihr Lebensgefühl. Jetzt fühlte sie sich genötigt, eine Balance zu finden, Entscheidungen zu treffen, um die sie sich in der Vergangenheit gedrückt hatte.

Manchmal kam es ihr vor, als erreichte sie die Harmonie von Körper und Geist nur bei ihrem Langstreckenlauf am frühen Morgen. Dann empfand sie gelegentlich echte Lebensfreude – die Überzeugung, daß die Zukunft voller Möglichkeiten und Errungenschaften steckte. Der schnelle Lauf ihrer Füße auf den unasphaltierten Wegen, die Schönheit des wilden Buschlands, die treue Begleitung der Schäferhündin ihrer Nachbarn – all das zusammen konnte ihre aufgewühlten Gedanken beruhigen und die Verspannungen lösen, die sich im Lauf des Arbeitstages in ihren Schultern aufbauten.

Sybils Rückkehr nach Australien war der Grund, der sie zu dieser Neubewertung ihres Lebens zwang. Zwar waren sie übereingekommen, daß sich keine von beiden gebunden fühlte, sondern frei war, zu tun, was immer sie wollte. Dennoch wußte Carol, daß sie keine grundlegende Entscheidung über ihre Zukunft treffen konnte, bis sie Sybil wiedersah.

3

Als sich Bourke und Carol am nächsten Morgen im Leichenschauhaus trafen, standen die Namen beider Opfer fest. Agars Identifikation wurde von Dean Bayliss' Vater bestätigt, der am späten Nachmittag mit dem Polizeihubschrauber nach Sydney eingeflogen worden war. Zuerst hatte er mit tränenüberströmtem Gesicht immer wieder behauptet, der Tote sei nicht sein Sohn. Dann war er in sich zusammengesunken und hatte genickt. „Es ist Dean."

Mit zitternden Lippen hatte er Carol erklärt: „Ich habe ihn in letzter Zeit nicht oft gesehen, er ist zu Hause ausgezogen, da ist so Verschiedenes zusammengekommen..." Ihm versagte die Stimme.

Carol hatte die tröstenden, bedeutungslosen Worte gesagt, die in solchen Momenten erwartet wurden, und kaschierte damit das tiefe Mitgefühl für diesen Mann. Und als sie an ihren eigenen Sohn David dachte, empfand sie vor Schuldgefühl einen Stich. Mit ihrem geschiedenen Mann hatte es nie Probleme wegen des Besuchsrechts gegeben, trotzdem hatte Carol in letzter Zeit Davids Besuche infolge der Arbeitsüberlastung reduziert.

Obwohl sie David über alles liebte und es wunderbar fand, mit ihm zusammenzusein, fand sie doch stets eine Entschuldigung dafür, daß ihre Arbeit Vorrang hatte. Sobald sie Mr. Bayliss nach Katamulla hatte zurückfliegen lassen, hatte sie bei ihrem Exmann angerufen und mit seiner zweiten Frau gesprochen. „Eleanor, ich weiß, daß es reichlich unvermittelt ist, aber wäre es möglich, daß ich David irgendwann am kommenden Wochenende sehen kann?" Sie mochte Eleanor sehr, deshalb konnte sie sich verlegen lachend an die Stirn schlagen, als die sie daran erinnerte, daß David am Samstag und Sonntag im Soccer-Trainingscamp wäre, worauf er sich doch schon so lange freute. „Natürlich, ich hab's ganz vergessen. Er hat mir davon erzählt... in allen erschöpfenden Einzelheiten."

Als sie den Hörer auflegte, wurmte es Carol, daß sie Davids begeisterter Erzählung nur mit halbem Ohr zugehört hatte. Sie sah sein strahlendes Gesicht vor sich, die grünen Augen, die er von ihr hatte wie auch das glatte hellblonde Haar, das ihm über die Augen fiel. Bei ihrer und Justins Scheidung war er noch sehr klein gewesen. Und nun kam es ihr vor, als hätte sie kaum bemerkt, wie rasch er groß geworden war. Jetzt war er zwölf, in wenigen kurzen Jahren wäre er in Dean Bayliss' Alter, und praktisch erwachsen. Was für einen Einfluß hatte sie auf ihren Sohn gehabt? Sie wußte, daß er sie liebte, doch was dachte er wirklich von ihr?

Bourke hatte ihr Grübeln unterbrochen, er hatte den Namen des anderen Toten herausgefunden. Das ältere Opfer war mit Hilfe der Fingerabdrücke identifiziert worden. Wayne Bucci war zweimal verurteilt worden, das erstemal auf Bewährung wegen unerlaubten Besitzes von Explosivstoffen, die vermutlich gestohlen waren; das zweitemal mußte er wegen des gleichen Delikts eine mehrmonatige Strafe absitzen.

Weitere Informationen waren ihnen heute morgen aus Bathurst zugefaxt worden, und Carol überflog die Seiten, während sie mit Bourke auf den Pathologen wartete. Das Aktenfoto zeigte einen kräftig gebauten Mann mit schütterem Haar und einem harten Ausdruck im Gesicht. Mit zusammengepreßten Lippen starrte er herausfordernd in die Kamera. Carol fragte sich, ob er bei seinem Tod die gleiche Entschlossenheit an den Tag gelegt hatte.

Bourke zog die Morgenzeitung aus der Tasche und reichte sie ihr. „Hast du die Titelseite gesehen?"

„Ich hab' sie beim Frühstück gelesen."

„Jede Nachrichtenredaktion, die Anne gestern über-prüft hat, erhielt den Hinweis auf die Leichen", sagte Bourke. „Alle Anrufe waren anonym, wurden aber von mindestens zwei Personen gemacht – einem Mann und einer Frau. Daß Agar den Medienwirbel veranstaltet hat, hätte ich zwar gern, doch leider spricht nichts dafür, denn die Publicity hat ja nichts Positives."

Die fettgedruckte Überschrift lautete: ZWEI TOTE – STADTPOLIZEI VOR EINEM RÄTSEL. Dann folgte eine ziemlich dünne, faktenarme Geschichte, die sich um so mehr in wilden Spekulationen über die Morde erging, die entweder einer Gruppenfehde, einem Kampf der Rausch-gifthändler oder – die sensationellste Hypothese – einem Serienmörder zugeschrieben wurde, der seine ersten bei-den Opfer V-förmig arrangiert hatte, was der erste Buch-stabe eines Wortes sei, das die nachfolgenden Leichen enthüllen würden.

Dean Bayliss' Name wurde genannt und ein Foto von ihm und seinen Eltern abgedruckt. Daß er aus Kent Agars Heimatstadt kam, sorgte für einigen Wirbel, doch da Agar, entgegen seiner sonstigen Art, keinen Kommentar dazu abgab, wurde nur vage über die mögliche Bedeutung spe-kuliert.

Wayne Bucci wurde als mysteriöses Opfer bezeichnet, dessen Angehörige bisher unbekannt seien.

Der Artikel befaßte sich auch mit Agars Karriere... *für manche ist er ein Verfechter traditioneller Werte, für ande-*

re ein gefährlicher Rechtsextremist... daneben ein äußerst schmeichelhaftes Foto. Es gab auch ein Foto von Carol und Agar auf den Stufen vor seinem Haus. Und der Journalist schrieb am Ende seines Artikels: *Wie aus zuverlässiger Quelle zu erfahren ist, wurde beantragt, Kommissarin Carol Ashton wegen deutlichen Interessenskonfliktes von dem Fall abzuziehen.*

Bourke tippte mit dem Finger auf die Zeilen. „Ich war's nicht, ich war's nicht, Ma'am", winselte er aufgesetzt. „Außerdem bin ich überhaupt keine verläßliche Quelle."

„Die gute alte anonyme Quelle", erklärte Carol trokken. „Was täte ein Journalist mit Selbstachtung ohne ein solches Hilfsmittel, wenn er ein Zitat erfinden will?"

„Ich habe Agar gestern abend gar nicht im *Shipley Report* gesehen", sagte Bourke. „Sieht ihm überhaupt nicht ähnlich, eine Gelegenheit auszulassen, um sich zu produzieren."

„Er ist heute abend drin", sagte Carol. Madeline hatte eine Nachricht auf Carols Anrufbeantworter zu Hause gesprochen und sie davon informiert – und ihre Abwesenheit mit einer bissigen Bemerkung kommentiert. Es war sehr spät geworden, und Carol hatte nicht mehr zurückgerufen.

„Carol! Mark!" dröhnte eine herzliche Stimme. „Tut mir leid, daß Sie warten mußten. Beim Frühstück gab es die übliche Familienkrise." Der Pathologe, Jeff Duke, war ein fröhlicher bombastischer Familientyp. Er hatte sechs Kinder – und eine wachsende Schar an Enkelkindern –, einen zunehmenden Körperumfang und war in seinem Job bestechend penibel.

Während er sie den Korridor entlangführte, erzählte er: „Mein jüngster Sohn, Brad, hat heute morgen verkündet, daß er Polizist werden will. Seine Mutter ist völlig ausgerastet. Seit der letzten Folge von ‚Royal Commission' hält sie die Gesetzeshüter für einen korrupten, bestechlichen Haufen. ‚Thelma', hab' ich gesagt, ‚das ist der Lauf der Welt – jeder will der Größte sein –, und da hat er zumindest ein flottes Leben.' Das hat sie nicht gut verkraftet."

Bourke machte eine flapsige Bemerkung, während Carol versuchte, so flach wie möglich zu atmen. So oft ihr Job sie auch ins Leichenschauhaus führte, nie würde sie sich an den durchdringenden Geruch hier gewöhnen.

Dr. Duke öffnete eine Tür und geleitete sie in einen Raum von funktionaler Kälte. Sein Assistent, ein jüngerer Mann mit fortgeschrittener Glatze und Glubschaugen, nickte zur Begrüßung. Die eine Wand bestand aus lauter blanken Chromtüren, jedes Kühlfach dahinter war groß genug für eine Leiche.

Zwei Leichen standen für den Pathologen bereit, beide mit dem Gesicht nach oben in einer Plastikschale. Gestern waren sie in der Zinkwanne hereingebracht, fotografiert, entkleidet, gewogen und geröntgt worden, ehe ihnen die Fingerabdrücke genommen wurden. Jetzt erfolgte die letzte körperliche Entwürdigung, die ihnen die Medizin antun konnte.

Seite an Seite, nackt, erwarteten Dean Bayliss und Wayne Bucci unbeteiligt den weiteren Verlauf. Der stämmige Körperbau und die starke Körperbehaarung des älteren Mannes kontrastierten mit der schlanken, sportlichen Gestalt des Neunzehnjährigen. Die Leichenstarre war dem unausweichlichen Verfallsprozeß gewichen, so daß die Arme, die vorher auf ihrem Rücken erstarrt waren, jetzt schlaff zur Seite lagen.

Ehe sie an die Leichen herantraten, streiften Carol und Bourke einen Papierkittel über, dann Papierüberschuhe und setzten eine Papiermaske auf. Duke band sich eine

überdimensionale Gummischürze um, fuhr in die Gummi-
handschuhe und sagte: „Ich habe gestern abend eine
flüchtige Untersuchung durchgeführt, als ich Blutproben
nahm. Ich glaube nicht, daß Zweifel an der Todesursache
bestehen, und die Hautverfärbung deutet darauf hin, daß
die beiden nach der Tötung auf den Rücken gelegt wurden, um sie abzutransportieren." Er nickte seinem Assi-
stenten zu. „Den Jungen zuerst."

Mit mühelosem Schwung hoben sie Dean Bayliss auf
die Platte des Chromtisches, der gerillt war, damit die
Flüssigkeit ablaufen konnte. „Theatralischer Mord", sagte
Duke, „aber nicht alle sind gute Schützen gewesen." Er
deutete auf getrocknetes Blut an der linken Schulter und
am Arm. „Manche haben weit am Herzen vorbeigeschos-
sen." Sein behandschuhter Finger zeigte auf die sonnen-
gebräunte Brust des Toten. „Mit Sicherheit finde ich gelbe
Stoffasern in den tieferen Hautschichten."

Bourke verzog das Gesicht. „Gefesselt wie ein Fahnen-
flüchtiger, mit einer Zielscheibe markiert und dann erschossen."

Beiden Opfern hatte man hellgelbe Baumwollflicken
über dem Herzen angeheftet, ehe sie erschossen wurden.
Carol sah in das Gesicht des jungen Mannes. Erst neun-
zehn. Vielleicht hatte er bis zum letzten Moment gedacht,
daß es sich um eine Mutprobe handelte. Oder hatte er
gewußt, daß er sterben würde? Daß es seine letzten Herz-
schläge waren? Sie stellte sich vor, sie wäre an seiner
Stelle gewesen: Hätte sie geschrien? Um ihr Leben gefleht?

Dean Bayliss mußte ein hübscher Bursche gewesen
sein, er hatte ebenmäßige Gesichtszüge und dichtes braunes Haar. Carol konnte sich vorstellen, wie er gelacht und
sich mit jugendlicher Grazie bewegt hatte. Jetzt war er
eine Leiche, der man keine Würde gelassen hatte, die

fachmännisch aufgeschnitten, deren Organe untersucht und analysiert werden würden, in deren zerschossener Brust man nach Beweisen suchte. Das Gesicht war aschfahl, und nachdem die Augenbinde entfernt worden war, starrten die toten Augen in das gleißende Neonlicht unter der Decke.

Der Pathologe schaltete den Recorder ein, ging um den Tisch herum und stellte sich neben Carol. „Sehen Sie die Schürfwunden an seinem Handgelenk? Am anderen ebenfalls. Er hat sich von den Fesseln zu befreien versucht, aber die waren zu fest. Beim anderen Toten ist es genauso." Er zeigte auf den Hals der Leiche. „Und diese Aufschürfung hier an der Kehle... scheint darauf hinzudeuten, daß man ihn angebunden hat, damit er nicht vornübersinken konnte."

Bourke zog sein Notizbuch aus der Tasche. „Wir wollen doch nicht, daß der Gefangene seine Hinrichtung vermasselt", sagte er trocken. „Er gibt ein besseres Ziel ab, wenn er aufrecht steht."

„Ich denke, er hat gesessen", sagte Duke. „Wenn man hilflos ist und weiß, daß man gleich erschossen wird, geben im allgemeinen die Beine nach."

Eine junge Frau in grünem Kittel steckte den Kopf durch die Tür. „Kommissarin Ashton? Da ist ein dringender Anruf für Sie."

Carol zeigte auf das Telefon an der Wand. „Können Sie ihn mir rüberlegen?"

„Nein." Und dann erklärte sie mit schiefem Grinsen. „Ich soll Ihnen ausrichten, daß Sie ihn nicht in Gegenwart anderer entgegennehmen dürfen."

„Benutzen Sie mein Arbeitszimmer", sagte Duke.

Carol streifte Maske, Kittel und Überschuhe ab und legte die Sachen auf die Bank neben der Tür.

„Hier entlang", sagte die junge Frau, und ihrem Blick konnte Carol entnehmen, daß der Anruf ihre Neugier geweckt hatte. „Ich vermute, es hat damit zu tun, daß ein Abgeordneter involviert ist..." Ihre Stimme klang erwartungsvoll.

Carol lächelte sie freundlich an. „Wie ist Ihr Name?"

„Mein Name?" fragte die junge Frau irritiert.

„Wir haben uns noch nicht kennengelernt, oder?"

„Nein, ich glaube nicht. Ich bin Dr. Price. Jeanine Price."

Sie erreichten das Arbeitszimmer des Pathologen. „Vielen Dank", sagte Carol und wartete. Die junge Medizinerin zögerte, dann lächelte sie kurz und eilte davon. Carol sah ihr nach, bis sie ein gutes Stück entfernt war, ehe sie die Tür öffnete.

Dr. Dukes unordentliches Arbeitszimmer war eher ein abgeteiltes Kämmerchen. Der abgewetzte braune Teppich war fast vollständig mit Möbeln zugestellt: Auf einem zerkratzten Schreibtisch aus Holz standen Familienfotos, ansonsten stapelten sich Papiere, davor stand ein durchgesessener Ledersessel, und dann gab es noch zwei graue Metallregale voller Akten und Fachliteratur.

Carol ließ sich vorsichtig auf dem lädierten Sessel nieder und erspähte das zwischen Aktenmappen begrabene Telefon. „Hier ist Carol Ashton. Sie haben einen Anruf für mich."

Kurz darauf fragte eine unbeteiligte Männerstimme: „Ist dort Kommissarin Ashton?"

„Ja."

„Bitte nennen Sie mir zur Sicherheit den Mädchennamen Ihrer Mutter."

Verwundert kam Carol dem nach.

„Vielen Dank. Einen Moment, ich verbinde."

Es folgte ein Knacken, dann meldete sich eine andere Stimme: „Hier ist Denise, Carol. Muß ich zu einer Erklärung ausholen, oder erkennen Sie mich auch so?"

Carol grinste. „Wie könnte ich Sie vergessen."

Denise Cleever gluckste. „Da fällt mir ein Stein von der Seele. Ich hatte schon Angst, Sie würden sagen: Denise wer?"

Verblüfft, daß der australische Geheimdienst ASIO Kontakt mit ihr aufnahm, fragte Carol: „Gehe ich recht in der Annahme, daß ich Sie über einen anderen Apparat anrufen soll?"

„Geistesgegenwärtig, wie immer. Benutzen Sie ein öffentliches Telefon. Hier ist die Nummer..."

Da das öffentliche Telefon im Eingang des Leichenschauhauses nicht abgeschirmt war, nahm Carol ihre Tasche und ging nach draußen. Sie mußte um den halben Block laufen, ehe sie eine Telefonzelle fand. Abfall lag auf dem Boden, die Wände waren mit Graffiti beschmiert, es stank nach Schweiß und Urin. Aber der Apparat funktionierte, nur der Hörer klebte unangenehm. Sie wählte die angegebene Nummer und hatte kurz darauf die Geheimdienstagentin an der Strippe.

Carol sprach gegen den Straßenlärm an: „Also, warum müssen wir uns wie Spione aufführen?"

Denise kam sofort zur Sache. „Sie haben die beiden Opfer des Doppelmordes identifiziert, den Sie untersuchen."

„Ja. Dean Bayliss und Wayne Bucci. Bei dem einen handelt es sich um einen Jugendlichen aus der Provinz und beim anderen um einen Kleinkriminellen." Carol runzelte die Stirn. „Ist etwa die nationale Sicherheit tangiert?"

„Kann man so sagen. Bucci war einer von uns."

„Verdeckter Ermittler?"

„Allerdings. Und einer der besten. Wir müssen uns unbedingt treffen. Es gibt eine Menge, was Sie wissen sollten, bevor Sie weiterermitteln. Ich fliege von Canberra herüber und melde mich, sobald ich in Sydney bin." Sie lachte kurz auf. „Auch wenn es melodramatisch klingt, dieses Gespräch hat nicht stattgefunden. Okay?"

Carol legte auf und rieb sich mit einem Taschentuch die Hände ab. Daß ASIO involviert war, könnte die Sache enorm kompliziert machen, trotzdem freute sie sich, Denise Cleever wiederzusehen. In einem früheren Fall hatte Carol mit ihr zusammengearbeitet und sie als verläßliche, aufrichtige, äußerst professionelle Frau kennengelernt, mit der sie sehr gut zusammengearbeitet hatte. In gewisser Weise steckten sie beide in der gleichen beruflichen Situation: Da sie beide in einem Bereich arbeiteten, der leider immer noch überwiegend eine Männerdomäne war, mußten Frauen einfach klüger, zäher und umsichtiger sein als ihre männlichen Kollegen.

Auf ihrem Rückweg zu dem anonymen Gebäude, in dem sich das Leichenschauhaus befand, betrachtete Carol den toten Wayne Bucci in anderem Licht. Während des kurzen Telefonats war aus dem kleinen Gauner ein Topagent von ASIO geworden. Die knappen Informationen, die sie über ihn hatte, waren mit Sicherheit falsch, ebenso sein Name – das alles gehörte zu seiner Deckung. Der Gedanke, daß seine Familie inzwischen von ASIO über seinen Tod informiert war, ihn aber nicht mal beerdigen konnte, versetzte ihr einen Stich.

Warum war Bucci zusammen mit einem Jugendlichen vom Lande, der nach ersten Erkenntnissen ein normales, unscheinbares Leben geführt zu haben schien, ermordet worden? Nachdem Agar ihn – wenn auch nicht mit Sicherheit – identifiziert hatte, hatte Carol mit Sergeant Griffin, dem ranghöchsten Polizisten in der Kleinstadt Katamulla telefoniert. Den hatte es nicht beeindruckt, daß eine Kommissarin aus der Großstadt anrief. „Dean Bayliss?" fragte er skeptisch. „Der ist mit meinem Sohn zusammen in die Schule gegangen. Ich schätze, Sie forschen da in der falschen Richtung. Ich würde behaupten, daß sich Dean in diesem Moment bestimmt in der Bäckerei befindet."

Zehn Minuten später hatte Sergeant Griffin zurückgerufen. Die Skepsis in seiner Stimme war verschwunden, als er sagte: „Kommissarin Ashton, ich sag's Ihnen ungern, aber Sie könnten an etwas dran sein. Dean ist nicht an seinem Arbeitsplatz, und niemand weiß, wo er ist. Das sieht ihm gar nicht ähnlich. Ganz und gar nicht."

„Was für ein Typ ist Dean?"

„Ein anständiger Junge", erklärte Griffin mit Nachdruck, „nicht wie so manche von diesen jungen Kerlen. Nach der Schule hat er sich einen Job gesucht und ordentlich zugepackt." Auf Carols Frage, ob er vielleicht etwas mit Drogen zu tun haben könnte, sagte er brüsk: „So was gibt's nicht in meiner Stadt. Ich kehre hier mit eisernem Besen, wenn Sie wissen, was ich meine. Marihuana kommt schon mal vor, einen kleinen Joint kann man schließlich nicht verhindern. Keine harten Sachen – das wüßte ich."

Nachdem Bayliss Senior seinen Sohn identifiziert hatte, hatte Carol Bourke gebeten, Griffin noch einmal anzurufen. Vielleicht käme bei einem Gespräch von Mann zu Mann mehr heraus, hatte sie ironisch bemerkt. Doch selbst Bourkes freundlich-beharrliches Nachhaken hatte nicht viel mehr zutage befördert. Bourke hatte Griffin ein Foto des zweiten Opfers durchgefaxt und ihn gebeten, nachzuforschen, wann Dean Bayliss – und Bucci, falls er in Katamulla gewesen war – zuletzt gesehen worden war.

Carol zerbrach sich den Kopf, was für ein Zusammenhang zwischen Kent Agar und den Morden bestehen könnte. Es mußte da etwas geben – daß die Leichen eines Freundes seines Sohns und eines Geheimagenten rein zufällig auf seinem Grundstück abgeladen wurden, bezweifelte sie.

Agar war ein fanatischer Rechter, der sich *die Rückkehr zu den echten familiären Werten* auf die Fahne geschrieben hatte. Offenbar war er der Überzeugung, daß er dies Ziel am besten erreichte, indem er sich auf Randgruppen, besonders auf Schwule einschoß und Sozialabbau, Einwanderungsbeschränkung, Abtreibungsverbot forderte sowie die Abschaffung des Umweltschutzes und die Liberalisierung des Schußwaffengesetzes. Seine Tiraden gegen Bewährungsstrafen, gegen den moralischen Verfall der Staatsorgane, und hier prangerte er besonders die „weitverbreitete Korruption der Gesetzeshüter" an, mochten mit den Leichen auf seinem Grundstück zu tun haben – doch da Agar Parlamentsabgeordneter von New South Wales war, fragte sich Carol, wo der Zusammenhang zwischen seiner Tätigkeit und der nationalen Sicherheit Australiens liegen mochte.

Vor dem Leichenschauhaus blieb Carol stehen. Ein leichter Wind blies ihr sandigen Staub ins Gesicht, aber sie zögerte, das Gebäude zu betreten. Aus Erfahrung wußte sie, welche Schritte der Pathologe in ihrer Abwesenheit getan hatte. Er hatte eine gründliche äußere Untersuchung der Leichen vorgenommen und auf Band aufgezeichnet. Er und sein Assistent hatten sämtliche Wunden fotografiert, gemessen und beschrieben. Alle Körperöffnungen waren untersucht und Abstriche genommen worden. Proben unter den Fingernägeln und von der Körperbehaarung waren in beschrifteten Dosen versiegelt worden.

Nach der äußeren Untersuchung kam die innere. Auch wenn sie so vielen Obduktionen beigewohnt hatte, gelang es Carol nicht, sich vollständig von der Zerstückelung dessen, was einmal eine Person gewesen war, zu distanzieren. Stets war sie darauf bedacht, einen professionellen Eindruck zu machen und sich nichts anmerken zu lassen, trotzdem fragte sie sich manchmal, ob die anderen, wie unbeteiligt – sogar abgebrüht – sie auch wirkten, sich nicht in ähnlicher Weise betroffen fühlten.

Sie streifte sich wieder Papierkittel, Schuhe und Maske über, als sie den Raum betrat. Bourke blickte sie fragend an. „Nichts Besonderes, Mark."

Sie starrte Buccis Leichnam an. ASIO würde mit einem toten Agenten genauso verfahren wie die Kriminalpolizei, wenn einer der ihren hierher gebracht wurde – mit aller Sorgfalt und Genauigkeit, ungeachtet des Aufwands an Personal, Zeit und Methoden.

Der Pathologe setzte seine Schutzbrille und eine Doppelmaske auf und bereitete sich auf das Zerstückeln vor. „Nun, Carol, Sie sind gerade noch rechtzeitig gekommen, jetzt kommt der beste Teil", sagte er jovial.

Er nahm ein Skalpell und schnitt ein großes Y vom Hals bis zu den Genitalien. Rasch durchtrennte er den Brustkorb, daß es knirschte, und legte den Inhalt frei.

„Sehen Sie hier – massive Verletzungen. Der Tod muß augenblicklich eingetreten sein." Er betrachtete die Röntgenaufnahme auf der Leuchttafel, dann grub er eine Kugel aus, die er mit metallischem Klick in eine Schale legte. Er grub die nächste Kugel aus. „Und noch eine." Er drehte die Pinzette vor den Augen. „Ich bin zwar kein Ballistiker, aber die hier sieht nach einem anderen Kaliber aus." Wieder beugte er sich über die freigelegte Brust. „Manche sind glatt durchgeschlagen, eine sitzt unter der Haut im

Rücken, und da sind etliche Streuspuren." Mit akkuraten Schnitten zerteilte er Gewebe, bis er die ganze Kehle mitsamt dem Brustinhalt am Stück herausnehmen konnte. Er legte es auf den Metalltisch daneben, um es später detailliert zu untersuchen. Mit dem Unterleib verfuhr er genauso, nahm die Eingeweide heraus und legte sie beiseite. Bluttriefend starrte Bayliss in die Lampen über ihm.

Jetzt schälte der Pathologe Haar und Kopfhaut vom Schädelknochen und stülpte es über Bayliss' Gesicht. Beim Geräusch der elektrischen Säge und dem Geruch versengten Knochenmehls dachte Carol an den weinenden Vater des Toten. Dr. Duke nahm den ausgeschnittenen Schädelknochen hoch und starrte auf das Gehirn. Sie hoffte, daß Deans Vater keine Vorstellung hatte, was eine Obduktion bedeutete. Wenn sie abgeschlossen wäre, würde der Leichnam wieder zusammengesetzt, der Schädelknochen aufgesetzt, das Haar darübergezogen und der Körper zusammengenäht, so daß er wieder ganz aussah. Dean Bayliss würde seiner Familie zur Beisetzung übergeben, diesem tröstlichen Ritual. Auch eine Obduktion war ein Ritual, aber hier ging es nicht um Trost.

Plötzlich empfand Carol brennende Wut. Was, wenn es ihr eigener Sohn gewesen wäre, ihr David, der dort lag, die ausgeweideten Organe auf dem Nebentisch?

Nur wenn sie ihre Arbeit gut machte, hatte dieses groteske Ritual einen Sinn. Gerechtigkeit. Gerechtigkeit für die Toten.

4

Kaum aus Canberra eingetroffen, rief Denise Cleever Carol an, um für den späteren Nachmittag ein Treffen mit ihr zu vereinbaren, ein Treffen, über das absolutes Stillschweigen gewahrt werden mußte. „Gott", sagte Carol grinsend, „soll ich meinen falschen Bart und den Trenchcoat mitbringen?"

„Nur sich selbst, Carol, aber halten Sie sich an die Instruktionen. Sie können sich Agentin 99 nennen, wenn Sie wollen."

Carols Lachen erstarb, als sie den Hörer auflegte. Welchen Einfluß der Mord an Bucci auf die Ermittlungen hätte, würde in ihrem Gespräch mit Denise zutage treten, und je nachdem, in welcher Weise der Geheimdienst beteiligt wäre, würde man Carol durch einen ranghöheren Kriminalisten ersetzen.

Obwohl sie heute morgen noch der Überzeugung gewesen war, daß es von Vorteil wäre, diesen verzwickten Fall nicht am Hals zu haben, wollte sie komischerweise jetzt die Ermittlungen unbedingt in der Hand behalten.

Sie wandte sich wieder dem vorläufigen Bericht der Spurensicherung zu, den Liz Carey vorhin auf ihren Schreibtisch gelegt hatte. Die Fasern und der Staub auf der Kleidung der beiden Toten hatten pflanzliche Spuren enthalten, womöglich aus einem Heuschober, sowie Kot von Nagetieren. Die hellgelbe Zielscheibe war aus billigem Baumwollstoff von Hand ausgeschnitten. Die Augenbinde war aus Baumwoll-Polyester-Material, das ebenfalls von einem größeren Stück Stoff abgeschnitten war. Die dünnen Nylonseile, mit denen die beiden Opfer an Armen und Beinen gefesselt waren, erwiesen sich als übliche Handelsware und dienten vornehmlich als Kraftfahrzeug-abschleppseile. An den Knoten war nichts Bemerkens-wertes festzustellen.

Am Fundort der Leichen hatte sich außer einem klei-nen Medaillon aus Sterlingsilber, das den Heiligen Christo-phorus zeigte und an einem zerrissenen Kettchen hing, nichts Interessantes finden lassen. Das Medaillon hatte unter der Schulter des jüngeren Mannes im Gras gelegen. Die Fingerabdrücke auf dem Metall waren leider nicht zu gebrauchen. Bei dem Medaillon handelte es sich nicht um Massenware, sondern offenbar um ein antikes Stück. Auf den Rand des Polaroidfotos, das dem Bericht zugefügt war, hatte Liz „Familienerbstück?" gekritzelt.

Carol machte sich eine Notiz, nachzuforschen, ob ent-weder Bucci oder Bayliss ein Medaillon mit dem Heiligen Christophorus getragen hatten, obwohl ihr klar war, daß es ohne weiteres irgend jemand schon vor langer Zeit an der Stelle verloren haben konnte, an der die Leichen ab-gelegt worden waren. Jeden Moment erwartete sie den ballistischen Bericht, der bestätigen würde, was bei der Obduktion zutage getreten war, daß verschiedene Feuer-waffen benutzt worden waren.

Carol sah den Erschießungstrupp direkt vor sich: Wie sie über Mündungsgeschwindigkeit und Munitionseigen-schaft diskutierten, während sie ihre Lieblingswaffen wählten, Aufstellung bezogen, zielten und auf zwei ge-fesselte Opfer mit verbundenen Augen feuerten. War es in einer Scheune geschehen? Oder hatten Bayliss und Bucci die Sonne auf ihren Gesichtern gespürt, ehe sie starben?

***

„Leute, die sehr viel höher auf der Gehaltsliste von ASIO stehen als ich, haben sich bereits mit Ihrem Polizeichef verständigt", erklärte Denise Cleever in ihrer humorvollen Art, die Carol so an ihr schätzte. „Aber sie wollen, daß ich Sie persönlich ins Bild setze, denn wie es scheint, werden wir zusammenarbeiten."

Carol hatte sich wie eine drittklassige Spionin in einem Spionageroman gefühlt, als sie, die Instruktionen befolgend, einen enormen Umweg zu dem Bürogebäude am Circular Quay gemacht hatte, wo Denise Cleever sie erwartete.

Jetzt saß sie in einem nüchternen Büro mit der bestechenden Aussicht auf den Hafen von Sydney und musterte Denise. Die Geheimagentin war dünner geworden, das honigblonde Haar trug sie länger und dazu eine Schildpattbrille. Carol hatte sie bisher nur leger gekleidet gesehen, doch heute war sie, wie Carol, im maßgefertigten dunkelblauen Hosenanzug erschienen.

Denise grinste über ihre Musterung. „Die Brille? Ich war die Fummelei mit den Kontaktlinsen leid. Außerdem verleiht sie mir eine seriöse Note, finden Sie nicht?" Sie lächelte breit. „Und ich habe mich in Schale geworfen, weil die Frau, die Sie vor sich sehen, auf Erfolgskurs ist."

Carol nickte toternst. „Das habe ich nie bezweifelt."

„Wie steht's mit Ihnen, Carol? Polizeidirektorin Ashton klingt nicht schlecht. Oder Kriminalrätin Ashton. Das hat doch was, und eine Beförderung ist längst überfällig."

Carol zog einen Flunsch. „Lassen Sie sich die Zeit nicht zu lang werden. Im übrigen hätte ich dann noch mehr Papierkram zu erledigen als jetzt schon."

Denise schlug einen Schnellhefter auf, der vor ihr lag.

„Dieser Fall wird den Papierkrieg nicht noch verstärken – alles Geschriebene wird sich auf das unbedingt Nötige konzentrieren, und das meiste wird klassifiziert werden."

„Auf dem Weg in dieses Büro habe ich mich bereits wie eine drittklassige Spionin gefühlt", sagte Carol angesichts der Vorsichtsmaßnahmen, die man ihr auferlegt hatte.

„Drittklassig? Nie und nimmer", entgegnete Denise grinsend. „Obendrein haben Sie keine Ahnung, auf was für ausgefuchste Ideen wir kämen, wenn wir wirklich glaubten, Sie würden beschattet."

„Beschattet? Von wem?" Carol verspürte den Anflug eines mulmigen Gefühls und horchte auf.

„Von einer Gruppe, von der wir seit einiger Zeit Kenntnis haben." Denise lehnte sich wieder in ihren Sessel zurück. „Eine äußerst dunkle Sache. Wir haben nicht mehr als ein paar beunruhigende Gerüchte, einen etwas verdächtigen Todesfall und einen Namen – Geheimer Kreis."

„Einen verdächtigen Todesfall?"

„Ja, einen Umweltschützer – Neal Rudin. Er war ein Aktivist aus der Gegend." Sie nahm ein Foto aus dem Schnellhefter und reichte es Carol. „Er hat einen Haufen unangenehmer Fragen gestellt, was es mit vom Aussterben bedrohten Arten auf sich hat, vor allem mit einer Kolonie Koalas auf dem Land einer alteingesessenen Familie namens Cosil-Ross. Er hat sich bei den Einheimischen sehr unbeliebt gemacht, aber er ist nur beschimpft und nicht direkt bedroht worden. Dann kam Rudin durch einen Unfall ums Leben, als sich eine Kugel aus seinem Gewehr löste."

Das Schwarzweißfoto zeigte einen jungenhaft aussehenden Mann in Bergsteigerkluft, der seine Augen vor der Sonne abschirmte und in die Kamera sah. „Ein Umweltschützer mit Gewehr? Ist das nicht in sich ein Widerspruch?"

„Tontauben, Carol – kein Jäger. Rudin war Tontaubenschütze, und zwar ein sehr guter. Aus irgendeinem Grund kletterte er mit geladenem Gewehr durch einen Stacheldrahtzaun, dabei löste sich ein Schuß und traf ihn tödlich. Es sah aus wie ein Unfall. Jedenfalls deutete nichts auf Mord. Aber es kam uns verdächtig vor, weil die Landbesitzer, mit denen er über Kreuz lag, zufällig auf unserer Liste der möglichen Mitglieder des Geheimen Kreises standen. Das erklärte, weshalb wir einen Agenten dorthin schicken mußten."

„Wayne Bucci."

Denise runzelte düster die Stirn. „Das ist zwar nicht sein richtiger Name, aber bleiben wir dabei. Er war seit einigen Monaten dort und hat in der Autowerkstatt als Mechaniker gearbeitet. Er hat in der Kneipe getrunken, sich mit ziemlich vielen Leuten im Ort angefreundet. Er war sicher, der Untergrundzelle näher zu kommen. Wayne hat nicht geglaubt, daß irgend jemand Verdacht schöpfte und seine Identität anzweifelte. Wenn er sich im Kreis der Einheimischen befand, hat er genau das Richtige über Verschwörungen und die Staatsregierung gesagt und eine Bemerkung fallenlassen, daß er sich mit Sprengstoff auskennen würde – was natürlich der Wahrheit entsprach. Wir wußten, daß man Nachforschungen über ihn angestellt hatte, und da nichts Nachteiliges dabei herauskam, waren wir ziemlich sicher, daß man ihn anwerben würde."

„Könnten Sie herausfinden, ob er ein antikes silbernes Medaillon mit dem Heiligen Christophorus getragen hat? Wir haben es bei den Leichen gefunden."

„Ich kann Ihnen gleich sagen, Wayne hätte so etwas

nicht getragen, weil es nicht zu der Identität gepaßt hätte, in die er geschlüpft war."

Carol versuchte sich vorzustellen, wie es war, in eine andere Identität zu schlüpfen und zu wissen, daß ein falscher Schritt genügte, seine Tarnung auffliegen zu lassen und womöglich erschossen zu werden. „Gab es in seinem letzten Bericht irgend etwas von Interesse?" fragte sie.

Denise seufzte. „Als Wayne sich das letztemal meldete, war er sehr optimistisch. Er sagte, er würde am nächsten Tag Mitglieder des militanten Kerns treffen. Man hatte Wayne keine Namen genannt, aber Rick Turner, der Mann, der ihn hinführen sollte, steht interessanterweise mit der Familie Cosil-Ross – Sie erinnern sich? – in Verbindung. Seine Schwester ist mit einem von ihnen verheiratet."

Denise setzte die Brille ab und rieb sich die Nasenwurzel. „Ich war mit ihm in der Ausbildung... Ich kann noch immer nicht glauben, daß er tot ist."

Carol brauchte nur die Augen zu schließen, um die Obduktion am Morgen in allen Einzelheiten vor sich zu sehen. „Sie wissen ja, daß die Bestimmung des genauen Zeitpunkts des Todes immer etwas schwierig ist, deshalb konstatiert der Pathologe vorläufig, daß sowohl Wayne als auch Bayliss am Sonntag gestorben sind."

Denise setzte die Brille wieder auf. „Wayne hätte sich letzten Donnerstag melden sollen, doch als er das nicht tat, war seine Kontaktperson nicht sehr besorgt. Wir wußten ja, daß er womöglich irgendwo da draußen im Busch an einem dieser paramilitärischen Manöver teilnahm, die solche Gruppen gern abhalten." Angst trat auf ihr Gesicht. „Ich hoffe zu Gott, er hat nichts verraten. Man hat ihn doch nicht gefoltert, nicht wahr?"

„Es gibt keine Anzeichen dafür, es sei denn, die auf

seine Brust abgefeuerte Salve hätte einen solchen Beweis zerstört." Carol sah die Schürfwunden an Hand- und Fußgelenken wieder vor sich. „Bevor sie erschossen wurden, hat man sie eine Zeitlang gefesselt, und beide haben mit aller Kraft versucht, sich zu befreien. Was auch eine Art Folter ist."

Denise schwieg eine Weile, dann sagte sie unvermittelt: „Wir haben noch jemand in Katamulla. Beim geringsten Anzeichen, daß ihre Tarnung aufgeflogen ist, werden wir sie abziehen."

„Sie?"

„Eine Lehrerin", erklärte Denise sachlich. „Sie wurde mit Beginn des Schuljahrs an die dortige Highschool versetzt. Ihre Vergangenheit ist unantastbar – sie war tatsächlich Lehrerin, ehe sie beschloß, zum Geheimdienst zu gehen und ein wildes Leben zu führen."

„Nennen Sie es so? Ein wildes Leben führen?"

Denise mußte lächeln. „Sie haben recht. Wer heutzutage Lehrerin ist, hat ein sehr viel wilderes Leben, als unsere Organisation es bieten kann."

„Hat diese Lehrerin irgend etwas gehört?"

„Bis jetzt noch nicht sehr viel, aber Agars Sohn besucht ihre Schule, und Dean Bayliss ist ein ehemaliger Schüler. Wir beide, Sie und ich, werden sie treffen, sobald es möglich ist."

„Apropos Kent Agar. Haben Sie irgendwas gegen ihn in der Hand?"

„Das hätten Sie wohl gern" Denise lachte. „Der ist ein echtes Kaliber, nicht wahr?"

„Ich hatte gehofft, er sei eine Gefahr für die nationale Sicherheit oder so etwas."

„Der Kerl macht Ihnen das Leben schwer, stimmt's?" fragte Denise mit verständnisvollem Blick.

„Schwer genug. Ich denke, es besteht durchaus die Möglichkeit, daß man mir diesen Fall entzieht, weil man mir Befangenheit unterstellen könnte."

„Keineswegs", erklärte Denise mit Befriedigung. „Mein Boß hat sich bereits mit Ihrem Polizeichef verständigt. Es ist Ihr Fall. Natürlich darf niemand erfahren, daß Sie irgendwas mit ASIO zu tun haben. Es muß nach außen wie die übliche Untersuchung eines Mordfalls aussehen."

Wieder sah Carol die Gesichter der beiden Toten vor sich: Das blinde Starren Wayne Buccis signalisierte Widerstand, während Dean Bayliss eher fassungslos wirkte. „Wurde Dean Bayliss jemals in Buccis Berichten erwähnt?"

„Nein, aber sie können sich durchaus gekannt haben." Denise legte den Kopf schief. „Was wissen Sie über Kleinstädte in der tiefen Provinz?"

„Nicht viel, ich bin in Sydney aufgewachsen. In den Ferien war ich meistens bei meiner Tante und meinem Onkel in den Blue Mountains. Das ist so ungefähr meine engste Bekanntschaft mit dem Landleben."

„Blue Mountains?" Denise schnaubte verächtlich. „Zum Teufel, das ist Touristengegend."

Carol fiel ein Artikel in der letzten Samstagsausgabe des *Herald* über die Festspiele in Katamulla ein: die Woche der Bushranger, mit der Aufzählung einer Unzahl von Veranstaltungen für die Besucher. „Ist Katamulla etwa nicht auf Touristendollars erpicht?" fragte sie. „Dafür haben sie sogar einen zweitklassigen Bushranger zum Helden erklärt."

Amüsiert bemerkte Denise: „Sie haben da eine sehr aktive Fortschrittsvereinigung."

Katamulla hatte das Glück gehabt, daß sich im neunzehnten Jahrhundert ein mäßig bekannter Bushranger mit den Regierungstruppen einen erbitterten Schußwechsel geliefert hatte und dabei ums Leben gekommen war. Auch wenn es nicht halb so dramatisch zugegangen war wie in der mythischen Schlacht in Glenrowan zwischen dem unbekannten Ned Kelly in seiner selbstgeschmiedeten Rüstung und den Kräften von Gesetz und Ordnung, stilisierte Katamulla seinen Helden Doom O'Reilly auf inflationäre Weise zur Legende hoch. Die Fortschrittsvereinigung hatte eine richtige Festspielwoche daraus gemacht und das ganze Kampfgetümmel bis zum Tod O'Reillys nachgestellt.

„Da Sie vom *echten* Landleben keine Ahnung haben, sollten Sie wissen, daß die Highschool in einem Provinznest wie Katamulla eine ziemliche Rolle spielt. Sie zieht Kinder aus dem ganzen Landkreis an, und der Rektor und die Lehrkräfte haben in öffentlichen Dingen sehr viel mehr Einfluß, als sie in einer großen Stadt hätten. Durch die Schulkinder kennen die Lehrkräfte wahrscheinlich annähernd jede Familie in der Gegend."

„Das klingt ja, als sprächen Sie aus Erfahrung."

„Das rustikale Knödeln in meiner Aussprache wird Ihnen doch wohl kaum entgangen sein. Meine Familie hat in der Nähe von Parkes gelebt. Also bin ich in tiefstem Herzen ein Kind vom Lande."

Denise war Carol als das genaue Gegenteil dessen erschienen, was ihrer Vorstellung von tiefer Provinz entsprach. Auf dem Land war alles langsamer, voraussehbarer, dem bedächtigen Verlauf der Jahreszeiten angepaßt. Davon war bei Denise nichts zu spüren, unter ihrer aufgeschlossenen, humorvollen Art steckte ein äußerst energischer innerer Antrieb.

„Jede Kleinstadt wie Katamulla hat eine ähnliche Sozialstruktur", fuhr Denise fort. „An deren Spitze finden sich Familien, deren Vorfahren, wie sie in allen Einzelheiten jederzeit zum Besten geben, als erste die Gegend besiedelt haben. Die Kirchen und Geistlichen des Ortes haben auch ein gehöriges Wörtchen mitzureden, ebenso die alteingesessenen Geschäftsleute. Wie ich schon sagte, die Schule spielt eine wichtige Rolle, und der Rektor oder die Rektorin, sofern sie schon lange am Ort sind, bestimmen die öffentlichen Belange wesentlich mit. Bevor Sie gehen, wird der Bericht über die Sozialstruktur Katamullas fertig sein, den ich gerade für Sie anfertigen lasse." Sie hob warnend die Hand. „Carol, halten Sie mich nicht für paranoid, aber es ist durchaus möglich, daß Ihr Hotelzimmer durchsucht wird. Deshalb beschränken sich die Informationen auf das Wesentliche und sind auf Dünndruckpapier kopiert, damit Sie sie bei sich tragen können." Ihr Ernst schlug in plötzliches Grinsen um. „Der Bericht könnte Sie durchaus amüsieren – Katamulla hat ein paar echte Charaktere."

Carol überlegte, was sie über diesen Ort wußte. Es war ein typisches Provinzstädtchen, durch das man durchfährt auf dem Weg nach sonst wohin. Sie erinnerte sich, daß sie einmal mit Sybil unterwegs war und sie dort eine Pause eingelegt hatten, durch die Antiquitätenläden gebummelt waren und in einem Gasthaus zu Mittag gegessen hatten, das sich stolz als historische Postkutschenstätte brüstete.

„Katamulla ist ziemlich klein – für *zwei* Geheimagenten."

„Zwei sind nicht genug, Carol." Denise stand auf und ging unruhig auf und ab. „Entschuldigen Sie, wenn ich Ihnen jetzt einen Vortrag halte, aber Sie brauchen einige Hintergrundinformation. Seit in den USA nach dem Bombenattentat auf das Regierungsgebäude in Oklahoma City so scharf durchgegriffen wird, haben die militanten Extremistengruppen eine Strategie entwickelt, die sie ‚dezen-

53

traler Widerstand' nennen. Sie operieren im Untergrund unabhängig voneinander in kleinen geheimen Zellen, so daß sie nicht so leicht aufgestöbert, infiltriert und ausspioniert werden können."

„Und Sie glauben, der Geheime Kreis ist eine davon?"

Denise spreizte den Zeigefinger vor Carols Gesicht. „Exakt! So ist es! Damit Sie das klarkriegen: Dies sind keine Männer, die mit Spielzeugpistolen Räuber und Gendarm spielen wie kleine Jungs – es sind gewalttätige Gruppen, die bestens bewaffnet sind, die staatsterroristische Akte planen und vor der Ausführung nicht zurückschrecken. Der Haß dieser Extremisten richtet sich gegen alle Menschen, die nicht weiß, rechts und heterosexuell sind. Wer jüdisch ist, wer für das Recht auf Abtreibung eintritt, für ein allgemeines Schußwaffenverbot oder sonstige progressive Ideen, gefährdet ihre Vorstellung von einer heilen Welt."

Sie schien Zweifel in Carols Augen zu lesen. „Sie sind nicht überzeugt, daß Australien davon betroffen sein könnte? ASIO arbeitet in Fragen der nationalen Sicherheit und des Terrorismus inzwischen mit der CIA zusammen. Offen gesagt, ist nur allzu klar geworden, daß die Regierungen beider Staaten, USA und Australien gleichermaßen schlecht auf chemische oder biologische Terrorakte vorbereitet sind – insbesondere wenn diese Anschläge von innen verübt werden. Die Bombenattentate auf das World Trade Center in New York und das Regierungsgebäude in Oklahoma City haben uns schrecklich die Augen geöffnet, und die Anschläge mit Nervengas auf die U-Bahn in Tokio haben nur deutlich gemacht, wie einfach es für eine kleine Gruppe ist, sich die Mittel und Fachkenntnis zu verschaffen, um zerstörerische, panikauslösende Waffen zu entwickeln."

„Und dieser sogenannte Geheime Kreis ist eine Bedrohung dieses Kalibers?" Carol merkte, daß ihre Skepsis
daher rührte, daß sie den Gedanken nicht akzeptieren
wollte, ein verschlafenes Provinznest in New South Wales
könnte mit dem internationalen Terrorismus zu tun haben. „Ausgerechnet in Katamulla?"

„In Katamulla! Und an anderen absolut harmlosen Or-
ten", sagte Denise bestimmt. „Wir haben die internationalen Verbindungen zwischen den Vereinigten Staaten und
Australien verfolgt. Wenn Sie wüßten, wo Sie im Internet
suchen sollten, würde Sie sich erschrocken die Augen rei-
ben angesichts dessen, was dort ausgetauscht wird. Und
das ist öffentlich zugänglich – was verschlüsselt kommu-
niziert wird, ist unser aller schrecklichster Alptraum. Was
wissen Sie über die Milizbewegung in den Staaten?"

„Nicht mehr als die meisten Leute. Für die ist die Be-
lagerung und Erstürmung von Waco und die Ruby-Rich-
Sache ein Beispiel, daß die Regierung durchgeknallt ist,
und sie glauben, daß die Bewaffnung der Bürger der einzige Weg ist, die persönliche Freiheit zu sichern."

Denise hob die Hände. „Dann will ich Ihnen einen
kurzen Überblick geben. Die CIA identifiziert drei staats-
feindliche Hauptgruppen, die sich allerdings oft überlap-
pen können. Zur ersten Kategorie rechnet sie die extrem
patriotischen Gruppen, ein Sammelbecken für weiße
Überlegenheitsfanatiker und Antisemiten, die die Ansicht
vertreten, der Staat wolle allen Bürgern die Waffen weg-
nehmen als ersten Schritt auf die künftige Machtübernah-
me durch eine Weltherrschaft. Es klingt absurd, aber die
patriotischen Gruppen erklären, die UNO sei ein vorge-
schobener Posten für diese globale Geheimorganisation."

Carol hätte gern geglaubt, daß dies nur ein amerikani-
sches Phänomen war. „Gewiß haben wir Neonazis in

Australien, aber das sind geistig unterbelichtete Schläger, die irgendein verrücktes Identitätsgefühl daraus ziehen, zu einer Gruppe zu gehören, die der größte Teil der Gesellschaft verabscheut."

„Die patriotischen Organisationen sind nicht mit Skins und diesen Schlägerbanden in einen Topf zu werfen", erklärte Denise ungeduldig, „auch wenn sie sie manchmal zum Aufmischen anstacheln. Und glauben Sie nicht, daß Australien das Problem der Yankees erspart bliebe. ASIO hat Kenntnis von verschiedenen gefährlichen Gruppen, die mit finanziellen Mitteln bestens ausgestattet, schlagkräftig organisiert und hinreichend diszipliniert sind, um im Geheimen zu operieren."

„Und sie sind ein Abbild der Bewegung in Amerika?"

„Allerdings." Es hielt Denise nicht länger auf ihrem Stuhl. Sie durchquerte das Zimmer, trat ans Fenster, starrte einen Augenblick hinaus und drehte sich abrupt wieder zu Carol um. „Auch die zweite Kategorie der CIA hat hier ihren Gegenpart. Das sind Wehrsportgruppen, die mit Vorliebe paramilitärische Übungen und Überlebenstraining betreiben, um – wie sie glauben – auf den unvermeidlichen Kampf gegen die Staatsregierung vorbereitet zu sein. Sie sind der Ansicht, daß eine Clique allmächtiger jüdischer Banker schon jetzt vorsätzlich die Ökonomie unterminiert, damit ihnen Australien in die Hände fällt."

Carol schüttelte den Kopf. „Das ist doch absoluter Schwachsinn."

„Dann wird Ihnen die dritte Kategorie vernagelter Paranoiker gefallen", fuhr Denise fort. „Die nämlich sind der Ansicht, sie könnten sich über die gesamte Justiz hinwegsetzen. Sie sitzen selbst zu Gericht und fällen das Urteil über Menschen in Abwesenheit. Im allgemeinen verurteilen sie Staatsanwälte, Richter und andere Regierungsorgane. Und natürlich beanspruchen sie das Recht, die Strafe, die sie für angemessen halten, auch selbst zu vollstrecken – und das ist oft die Todesstrafe."

„Aber das ist ja nun nichts unbedingt Neues", spielte Carol des Teufels Anwalt. „Seit der frühen Besiedlung Australiens werden immer mal wieder illegale Gerichte abgehalten, die sogenannten *kangaroo courts.*"

„Hier geht es um sehr viel mehr als *kangaroo courts.* Es wird der Versuch gemacht, Richter mit der Erklärung einzuschüchtern, ein sogenanntes Volksgericht hätte sie bestimmter Verbrechen für schuldig befunden und werde entsprechend das Urteil vollstrecken."

„Ich nehme an, bisher ist nichts davon geschehen."

„In den Vereinigten Staaten wenden diese Gruppen enervierende Taktiken an, wobei sie sich auf Gesetze des Staates oder der Länder berufen, und versuchen zum Beispiel, das Eigentumsrecht von Personen mit falschen Ansprüchen zu behindern, so daß es Monate dauern kann, bis die Sache geklärt ist. Hier in Australien haben wir einen Richter, den wir rund um die Uhr bewachen lassen, nachdem ihm für imaginäre Verbrechen das Todesurteil von einem solchen Volksgericht zugestellt wurde. Auch für einige andere Richter mußten verstärkte Sicherheitsmaßnahmen getroffen werden."

„Es muß sich dabei um ein paar Verrückte handeln – ein paar Irre, die sich rächen wollen."

Denise streckte sich. „Träumen Sie weiter, Carol. Sie werden es kaum glauben, aber nachdem bei dem Bombenattentat in Oklahoma City Hunderte unschuldiger Menschen ums Leben kamen, haben die militanten Gruppierungen in den Staaten enormen Zulauf bekommen. Inzwischen existieren mindestens achthundert patriotische Gruppen, alle bis an die Zähne bewaffnet und jedweder Staatsgewalt gegenüber absolut paranoid. Etwa einhundertvierzig werden als extremistisch eingestuft – sie schwören, daß die Regierung der Vereinigten Staaten ihr Regierungsgebäude in Oklahoma City selbst in die Luft gesprengt hat, um eine Rechtfertigung in die Hand zu bekommen, die Milizbewegung zu verfolgen."

„Und wie extrem ist der Geheime Kreis?"

Denise zuckte die Achseln. „Nach unseren Erkenntnissen rangiert der Geheime Kreis potentiell unter den gefährlichsten Gruppierungen. Das FBI informierte uns über die Existenz dieser Gruppe, und seitdem haben wir über Kurzwelle und verschlüsselte Hinweise im Internet einige Erkenntnisse erhalten. Tatsache ist, daß sie eine unglaublich ausgefuchste Verschlüsselungssoftware benutzen."

Carol spreizte die Hände. „Es fällt mir einfach schwer zu glauben, daß die australische Regierung so sehr gehaßt und gefürchtet wird, daß ein derart konzentrierter Terrorismus Auftrieb bekommt."

„Glauben Sie's nur", sagte Denise mit grimmigem Lächeln. „Einer der Gründe, weshalb wir uns auf den Geheimen Kreis konzentrieren, ist, daß wir Kenntnis davon haben, daß diese Gruppe die Keimzelle einer Organisation ist, die geheime militante Gruppierungen in anderen Teilen des Landes hat – zwei in Victoria, zwei weitere im Norden von New South Wales und fünf in Queensland. Unsere durchschnittlichen australischen Milizgruppen sind der Überzeugung, es sei schlimm genug, daß Australien den privaten Gebrauch von Handfeuerwaffen nie erlaubt hat, doch das Verbot von halbautomatischen Gewehren und Schrotflinten nach dem Massaker in Tasmanien hat die Überzeugung geschürt, es sei die Politik der Regierung, den Bürgern das Recht zu nehmen, eine Waffe zu besitzen. Die extremistischen Gruppen gehen noch weiter: Sie sind sicher, daß es sich um eine ausgewachsene Verschwörung der Regierung handelt, so daß sie horten, was sie kriegen können, und sich auch illegal Waffen beschaffen, insbesondere aus den USA."

„Oje", tat Carol betroffen, „die sind ja besser bewaffnet als ich."

„Nichts da!" Denise erwachte plötzlich zum Leben und lachte. „Keine weichen Knie, James Bond! Kommen Sie mit mir ins Untergeschoß und nehmen Sie unsere kleinen Schätze in Augenschein. Es gibt neue kugelsichere Westen und verdeckte Halfter, und warten Sie, bis Sie erst die kleine phantastische, kleinkalibrige Glock Halbautomatik sehen."

An der Tür hielt sie inne. „Ich habe wohl nicht erwähnt, daß nach unseren Erkenntnissen der Kopf des Geheimen Kreises eine Frau ist, oder?"

„Eine Frau?" Und dann fügte Carol ironisch hinzu: „Was denn, so schlimm ist der Geheime Kreis?"

„Ich sage Ihnen. Ich denke mir schon die ganze Zeit, daß Frauen tödlicher sind als Männer. Das ist ein feministisches Thema..."

5

Kent Agar hatte sich schließlich widerwillig bereiterklärt, Carol und Bourke spätnachmittags zur Verfügung zu stehen. „Parlamentssitzung", blaffte er, „ich kann nur ein paar Minuten für Sie erübrigen."

Das Gespräch fand nicht im State Parliament House in

der Macquarie Street, einem ehrwürdigen Kolonialgebäude aus der Zeit König Georgs, statt, sondern im modernen dahinterliegenden Bau. Das Büro des Politikers war klein, doch exquisit ausgestattet. Der große Rolladensekretär war offensichtlich ein antikes Stück, ebenso der massive Bücherschrank aus Eiche mit den ledergebundenen Bänden. Drei elegante schwarze Sessel und ein niedriger Couchtisch aus Glas bildeten eine Insel der Ruhe am Fenster, das auf den Park mit seinen beruhigenden grünen Rasenflächen und den knorrigen Moreton Bay-Feigenbäumen hinausging.

Agar ließ sie warten. Schließlich stürmte er hektisch durch die Tür. „Das hier kommt absolut ungelegen."

Der gestern wachsbleiche, erschütterte Mann war heute wieder ganz der alte, der auf die Opposition und alle, die ihm nicht in den Kram paßten, eindrosch. Wie gestern trug er einen eleganten Dreiteiler mit roter Fliege.

Er warf sich in den dritten Sessel, musterte Bourke, ohne ihn weiter zu beachten. „Offen gesagt, Kommissarin", sagte er zu Carol, „bin ich mehr als erstaunt, daß Sie noch immer den Fall bearbeiten." Seine spitzen Augenbrauen zuckten nach oben. „Ich schätze, das nennt man einen Interessenkonflikt."

Carol ignorierte seine höhnische Bemerkung. „Sie sollten wissen. Mr. Agar, daß der Tote, den Sie erkannt haben, tatsächlich als Dean Bayliss, ein Freund Ihres Sohnes, identifiziert wurde. Dem Sergeant in Katamulla ist es bisher noch nicht gelungen, Ihren Sohn zu sprechen, er hofft aber, ihn morgen befragen zu können."

„So?" sagte er schmallippig. „Scott ist achtzehn geworden. Da brauchen Sie meine Einwilligung nicht."

Bourke blätterte in seinem Notizbuch. „Wann haben Sie Dean Bayliss das letztemal gesehen, Mr. Agar?"

„Keine Ahnung."

Bei dieser platten Antwort verzog Bourke den Mund. „Letzte Woche? Vor einem Monat? Vorgestern?"

Agars schmales Gesicht lief rot an. „Soll das etwa witzig sein, Inspektor? Besser, Sie überlegen sich das."

„Ist Dean Bayliss oft zu Ihnen nach Hause gekommen?" hakte Bourke freundlich nach.

„Mein Sohn hat viele Freunde. Ich bin ein sehr beschäftigter Mann, insofern achte ich nicht so drauf." Demonstrativ blickte er auf seine Uhr. „Also, wenn das alles ist..."

Carol hielt ihm das Porträtfoto von Wayne Bucci hin, das nach Entfernung der Augenbinde im Leichenschauhaus aufgenommen worden war. Agar nahm es unwillig und warf einen flüchtigen Blick darauf. „Der andere Tote? Hab' ich nie im Leben gesehen."

„Sind Sie sicher?" fragte Bourke. „Sehen Sie es sich noch einmal an."

Agar schnippte das Foto auf den Couchtisch und erklärte beißend: „Das ist reine Zeitverschwendung. Ich muß zurück in die Sitzung."

„Sie verbringen viel Zeit in Katamulla", fuhr Carol freundlich fort.

„Na und? Meine Familie lebt seit mehr als hundertfünfzig Jahren dort. Es ist mein Zuhause. In der sitzungsfreien Zeit bin ich immer dort."

Indem sie ihm ein anderes Foto reichte, das den lächelnden, lebenden Bucci zeigte, erklärte Carol: „Wir glauben, daß dieser Mann die letzten Monate in Katamulla gelebt hat. Er hieß Wayne Bucci. Es heißt, er sei sozial ziemlich engagiert gewesen. Sie sind ihm sehr wahrscheinlich begegnet, vielleicht bei irgendeiner Wohltätigkeitsveranstaltung oder im Pub."

Agar schenkte dem Foto keinen Blick. „Ich kenne ihn nicht." Er reichte es Carol zurück. Der Elan, mit dem er ins Zimmer gestürmt war, schien zu bröckeln, sein Gesichtsausdruck hatte etwas Gequältes bekommen.

„Erkennen Sie das hier?" Carol hielt ihm das Polaroidfoto von dem Medaillon hin, das sie bei den Leichen gefunden hatten.

Er starrte darauf. „Was ist das? Irgendein billiges Schmuckstück?"

Das leise Zittern seiner Finger blieb Carol nicht verborgen. „Es ist der Heilige Christophorus aus Sterlingsilber", sagte sie.

Er drückte ihr das Foto in die Hand. „Nichts, das ich tragen würde."

„Sie haben es nie zuvor gesehen?"

„Nein."

Nun zeigte ihm Bourke die Abbildung eines Volvo-Kombi aus dem Katalog eines Gebrauchtwagenhändlers. „Kennen Sie jemanden, der ein solches Modell besitzt, in dunkelbraun vielleicht?"

Der Politiker zuckte die Achseln. „Das Modell ist ja ziemlich verbreitet. Vielleicht fährt irgendwer, den ich kenne, ein solches Auto, aber ich weiß nicht wer." Dann sah er ihn scharf an. „Wieso fragen Sie?"

„Ein Zeuge hat angeblich ein solches Auto vor Ihrem Haus gesehen, und zwar zu der Zeit, als die Leichen dort abgelegt wurden."

„Gestohlen – ohne Zweifel", kommentierte Agar steif.

Carol beobachtete ihn aufmerksam. Kein Wagen dieses Typs war in den zweiundsiebzig Stunden vor Auffinden der Leichen als gestohlen gemeldet worden. Auch wenn es unwahrscheinlich war, daß der Volvo einem der Mörder gehörte, wurde ein solcher Wagen auf dem Land häufig gefahren. „Vielleicht fährt jemand in Katamulla oder Umgebung einen ähnlichen Volvo?"

„Ich hab' Ihnen schon gesagt, ich weiß es nicht."

Carol wechselte abrupt das Thema. „Wann genau sind Sie vorgestern abend nach Hause gekommen, Mr. Agar?"

„Das habe ich Ihnen schon gestern morgen gesagt. Mein Fahrer hat mich gegen halb zwölf zu Hause abgesetzt. Das können Sie nachprüfen. Und ich bin unverzüglich zu Bett gegangen."

„Sie waren allein?"

Bourkes Frage trieb Agar die Zornesröte ins Gesicht. „Natürlich war ich allein! Meine Frau und mein Sohn leben in Katamulla. Ich weiß nicht genau, was Sie damit andeuten wollen, Inspektor, aber Ihr Ton gefällt mir nicht."

„Wer hat Ihre neue Adresse am Burma Drive?" fragte jetzt Carol.

„Ist das hier wirklich nötig? Ich weiß nicht... Meine Mitarbeiter. Freunde. Meine Familie."

„Irgendwer von den Medien?"

Er warf ihr einen hämischen Blick zu. „*Sie* sollten besser wissen als ich, wie die Medien an ihre Informationen kommen."

Unsicher, ob er auf ihre Beziehung mit Madeline abzielte, entgegnete Carol knapp: „Bitte, beantworten Sie meine Frage. Haben Sie der Presse Ihre neue Adresse mitgeteilt?"

„Himmel noch mal! Solche Dinge merke ich mir nicht. Und ich sehe auch nicht ein, wieso das von Interesse ist."

Bourke räusperte sich. „Wie es scheint, ist es sehr wohl möglich, daß die Leichen mit Absicht auf Ihren Rasen gelegt wurden, Mr. Agar. Sie haben wahrscheinlich bemerkt, wie sie dort arrangiert wurden? Wir fragen uns, ob das für Sie irgendeine Bedeutung hat?" Und als Agar nicht antwortete, fügte Bourke hilfsbereit hinzu: „Wir haben ein Foto vom Fundort, fall Sie es sehen wollen, aber Sie werden sich auch so erinnern, daß die Leichen V-förmig drapiert wurden. Sagt Ihnen das irgend etwas?"

Agars Gesichtsmuskel zuckte, dann sagte er gepreßt: „Nichts, ich kann Ihnen da nicht weiterhelfen."

Die Fragen brachten den Politiker sichtlich aus der Fassung. Er rutschte unruhig auf seinem Sessel, fingerte an seiner Fliege, an den Manschetten seines Hemdes.

Jetzt setzte ihm Carol bewußt zu. „Sie haben also gar keine Vorstellung, wer Ihnen so etwas antun könnte – vielleicht um Sie zu warnen oder Ihnen Angst einzujagen?"

Er zuckte fast unmerklich zurück, faßte sich aber rasch und gestikulierte heftig. „Wollen Sie wissen, ob ich Feinde habe, Kommissarin?" fragte er sarkastisch und schien es nicht glauben zu können. „Lediglich sämtliche Umweltschutz- und Wohltatsapostel. Am besten, Sie machen sich eine Liste. Da können Sie jeden hinzufügen, der mich als Abtreibungsgegner und Lebensschützer attackiert und mein Eintreten für die Familie bekämpft hat. Ich denke, damit werden Sie eine Weile zu tun haben."

Agar stand auf. „Ich muß gehen. Gewiß werden Sie allein hinausfinden."

Während sie auf den Fahrstuhl warteten, sagte Bourke zu Carol: „Er weiß, wer's getan hat... Und er hat eine Scheißangst."

* * *

Carol traute ihren Augen nicht, als sie den vorläufigen Obduktionsbericht auf ihrem Schreibtisch fand. Das grenzte fast an Lichtgeschwindigkeit – selbst bei brandeiligen

Fällen dauerte es für gewöhnlich einige Tage –, und es mußte von ganz oben Druck gemacht worden sein. Während sie sich einen eher ungenießbaren Kaffee aus der kleinen Küche ihrer Abteilung holte, fragte sie sich, ob der Polizeichef höchstpersönlich sich wohl mit ihr in Verbindung setzte. Denise hatte gesagt, daß ASIO ihr den Fall überließe und ihr eine Agentin zur Seite stellte, Denise selbst natürlich. Carol hatte erklärt, daß Mark Bourke eingeweiht werden sollte, schließlich arbeiteten sie beide zusammen an dem Fall. Nun wartete sie auf das Okay des Geheimdienstchefs.

In der Küche unterhielt sie sich ein Weilchen mit ein paar Kollegen, die mit obszönen Geschichten über Agar und zwei Leichen daherkamen – Carol staunte immer wieder, wie rasch Vorfälle mit Nachrichtenwert zum Witzereißen anspornten –, ehe sie in ihr Büro zurückkehrte.

Kaffee trinkend überflog sie den vorläufigen Obduktionsbericht, der dem, was sie im Leichenschauhaus in Erfahrung gebracht hatte, nicht viel hinzufügte, von der Blutprobenanalyse abgesehen, die eine nicdrige Dosis Alkohol bei beiden Toten konstatierte. Keiner von beiden hatte kürzlich etwas gegessen, denn ihr Magen war leer. Die Männer waren bei guter Gesundheit gewesen, wenn auch Bucci erste Anzeichen von Arterienverkalkung aufwies. In beiden Fällen wurde Tod durch Erschießen festgestellt, eine massive Salve auf die Brust hatte Herz und Lunge förmlich zerfetzt. Dr. Dukes Urteil zufolge waren die beiden zur gleichen Zeit getötet worden, doch da sie irgendwo erschossen und erst später abtransportiert worden waren und sich nicht feststellen ließ, wo die Leichen vor dem Transport aufbewahrt wurden, war es unmöglich, den Zeitpunkt des Todes annähernd zu bestimmen.

Carol wußte, daß die Leichenstarre fünf bis sieben

Stunden nach dem Tod eintrat und vom Gesicht über den Hals, die Schultern, Arme und Körper zu den Beinen verlief. Dieser Prozeß dauerte zwölf bis achtzehn Stunden, die völlige Starre weitere zwölf Stunden, bis sie dann über den gleichen Zeitraum wieder zurückging.

Allerdings spielte die Außentemperatur eine entscheidende Rolle und komplizierte die Sache – Wärme beschleunigte den Prozeß, Kälte zögerte ihn hinaus. Ebenso verhielt es sich, wenn das Opfer sich im Todeskampf befunden hatte, der sich oft als Beschleunigungsfaktor bei der Leichenstarre erwies.

Bucci und Bayliss waren Montagmorgen kurz vor sechs entdeckt worden, der Polizeiarzt war eine Stunde später am Fundort eingetroffen, wo er die völlige Leichenstarre konstatierte. Im Leichenschauhaus wurde festgehalten, daß am späten Montagnachmittag die Leichenstarre vollständig zurückgegangen war. Von diesem Zeitpunkt an zurückgerechnet und unter Berücksichtigung variabler Faktoren, hatte Dr. Duke vermerkt, daß der Tod vor etwa vierundzwanzig bis sechsunddreißig Stunden eingetreten war, das ergab eine zwölfstündige Zeitspanne vom frühen Sonntagmorgen bis zum Nachmittag desselben Tages.

Für gewöhnlich ließ sich der Zeitpunkt des Todes eingrenzen, indem ermittelt wurde, daß das Opfer zu einem bestimmten Zeitpunkt noch am Leben war. Das traf bei Bucci nicht zu, den nach Donnerstag offenbar niemand mehr gesehen hatte, und Dean Bayliss hatte sich das Wochenende in seiner Bäckerei freigenommen und war seit Freitagnachmittag nicht mehr gesehen worden.

Carol nahm die Diagramme der Einschußwinkel zur Hand, die zeigten, daß Bayliss und Bucci ähnliche Wunden aufwiesen, die meisten Einschüsse befanden sich in der Brust. Etliche Durchschußwunden im Rücken zeigten, daß manche Projektile Fleisch und Knochen glatt durchschlagen hatten.

Während sie die Diagramme der Wunden bei Wayne Bucci studierte, kam Bourke in ihr Büro.

„Mark, du kommst wie gerufen. Ich habe die Obduktionsberichte von Jeff Duke erhalten." Sie reichte ihm die Seiten. „Das muß absolute Rekordzeit gewesen sein."

„Halte es deinem unbewußten natürlichen Charme zugute", scherzte Bourke, „du weißt doch, daß Duke sich für dich ein Bein ausreißt."

Er setzte sich auf den Holzstuhl hinter ihrem Schreibtisch. „Ich habe mir die Ballistiker zur Brust genommen, da ich wußte, daß selbst dein Charisma Grenzen hat. Jedenfalls mußte ich mich höchst unbeliebt machen, bis ich ihnen endlich die Information aus der Nase zog."

„Sie haben die Projektile doch erst heute morgen bekommen, Mark."

„Wie dem auch sei, jemand hat ihnen ordentlich Dampf gemacht, denn sie waren bereits an der Arbeit." Er zupfte sich nachdenklich am Ohr. „Eine ganze Reihe von Schußwaffen wurden benutzt, mit einem Kaliber von zweiundzwanzig aufwärts. Das gleiche gilt für die Munition, worunter sich auch YTP-Kugeln befanden, die größtmögliche Gewebeschäden verursachen."

„Offensichtlich haben sie ein richtiges kleines Bataillon aufgestellt." Carol verzog das Gesicht. „Wie viele Schußwaffen wurden schätzungsweise benutzt?"

„Die Zersplitterung einiger Projektile erschwert die Feststellung – und auch die Tatsache, daß manche den Körper glatt durchschlagen haben. Außerdem wissen wir nicht, wie viele überhaupt getroffen haben, vielleicht sind manche Kugeln vorbeigegangen. Jedenfall können wir von mindestens fünf, sechs Schützen ausgehen, und es wurden verschiedene Gewehre und Handfeuerwaffen benutzt."

„Wurden beide mit den gleichen Waffen erschossen?"

„Scheint so. Und ich kann dir sagen, der Typ mit der Zweiundzwanziger ist ein ganz lausiger Schütze", erklärte Bourke mit säuerlichem Grinsen, „denn die Ballistiker sagen, daß er Bayliss in die Schulter und Bucci in die Gedärme geschossen hat."

Carols Telefon klingelte. Sie warf einen scheelen Blick auf den lästigen Störenfried, dann griff sie widerwillig zum Hörer. „Carol Ashton." Sie hörte einen Moment zu und erwiderte kurzangebunden: „Zu diesem Zeitpunkt kein Kommentar..." Kaum hatte sie aufgelegt, klingelte es erneut. Ehe sie abnahm, sagte sie zu Bourke: „Jemand aus der Pathologie hat Informationen über die beiden Leichen durchsickern lassen. Die gesamte Journaille dieser Stadt wird anrufen, um sich die Informationen bestätigen zu lassen."

Er ging sofort zur Tür. „Sobald du diesen Anruf abgehängt hast, werde ich alle folgenden auf unsere Pressestelle umleiten lassen. Daß sie dort nicht gelandet sind, wundert mich ohnehin."

„Die Reporterin eben sagte, sie hätte einen anonymen Anruf erhalten, daß ich spezielle Informationen hätte, die die Regierung in arge Verlegenheit brächten."

„Glaubst du, jemand hat es auf dich abgesehen?"

„Oder auf die Regierung", entgegnete Carol.

***

Der Polizeichef hatte ihr durch Boten eine handgeschriebene Notiz überbringen lassen. Sie sollte um neun Uhr abends zu ihm ins Büro kommen und über das Treffen

Stillschweigen wahren. Ein Blick auf ihren Posteingangskorb überzeugte Carol, daß sie bis dahin genug zu tun hatte. Sie rief Tante Sarah in den Blue Mountains an und überredete sie, für ein paar Tage aus den Bergen herunter nach Sydney zu kommen, um sich um Haus und Katzen zu kümmern. Dann rief sie Madeline im Sender an in der Hoffnung, sie zu erreichen, bevor sie in die Maske ging.

„Carol", sagte Madeline erfreut. „Ich bin schon fast aus der Tür. Du rufst hoffentlich an, um zu sagen, wann wir uns heute sehen. Ich rede nach der Sendung noch ein Weilchen mit Kent Agar, um ihn zu beschwichtigen, nachdem ich ihn im Studio zerpflückt habe, danach bin ich frei."

„Tut mir leid, aber wir müssen es verschieben."

„Morgen abend kann ich nicht. Wieso denn nicht heute?" Madeline klang gekränkt. „Macht nichts, wenn es spät wird. Ich sage Edna, daß sie uns etwas zu essen machen soll."

Carol sah Madeline in ihrem eleganten Büro mit dem dunkelblauen dicken Teppich und den teuren Ledersofas direkt vor sich – ebenso makellos und unanfechtbar wie ihre Möbel.

„Ein andermal", erklärte Carol, „und ich habe einen triftigen Grund. Die Katzen. Ich bin in letzter Zeit so wenig zu Hause gewesen, daß Jeffrey und Sinker mich wie eine Fremde im eigenen Haus behandeln. Jenny von nebenan füttert sie zwar, aber sie reagieren inzwischen mit solcher Mißachtung auf mich, daß ich glaube, ich muß etwas tun, ihre tierische Gunst zurückzugewinnen."

„Die Katzen kommen also zuerst", entrüstete sich Madeline. Nach einer Pause fügte sie wie nebenbei hinzu: „Hast du die Absicht, nach Katamulla zu fahren?"

„Vielleicht."

Ihr vorsichtiger Ton amüsierte Madeline. „Ich versuche doch nicht, dir die Würmer aus der Nase zu ziehen, Carol. Es kann sein, daß ich selbst hinfahre, morgen vielleicht oder so. Mein Team ist schon dort und recherchiert. Wenn die Geschichte auf den Füßen steht, werde ich hinfahren."

Carol verspürte einen Anflug von Mitleid für diese Provinzler, die mit den Opfern etwas zu tun hatten, vor allem die Verwandten von Dean Bayliss. Die Ermittlungen in Katamulla lagen noch immer in den Händen von Sergeant Griffin und seinem Mitarbeiter, deshalb glaubte sie an eine sensible Vorgehensweise. Was bei Reportern, die den Leuten gleich aufs Fell rückten, nicht unbedingt der Fall war.

„Ach, übrigens..." Madeline klang beiläufig, „ich hab' mich gefragt, ob du mir nicht ein paar Aufschlüsse über die Obduktion geben möchtest."

„Was hast du gehört?"

„Blaff mich nicht an, Carol. Ich habe die gleichen Informationen bekommen wie alle anderen. Die beiden Opfer wurden gefesselt, ihnen wurden die Augen verbunden, sie bekamen eine Zielscheibe an die Brust geheftet und wurden exekutiert. Und das Hinrichtungskommando benutzte alle möglichen Waffen."

„Ich nehme an, es ist sinnlos, dich nach deiner Quelle zu fragen?"

„So ist es", sagte Madeline fröhlich. „Du weißt, daß ich nichts mehr rauskriege, wenn ich Namen nenne." Und dann fügte sie tugendhaft hinzu. „Und außerdem ist es natürlich eine Frage der Berufsethik."

„Wenn ich einen Namen nenne, könntest du ihn vielleicht kommentieren?"

„Unwahrscheinlich, mein Schatz."

Carol dachte an die inquisitorische Art der jungen

Medizinerin im Leichenschauhaus und sagte: „Price. Dr. Jeanine Price." Und als keine Antwort erfolgte, bohrte sie nach: „Warm oder kalt, Madeline, ich muß es wissen."

Nach einer kurzen Pause sagte Madeline im Plauderton: „Ungewöhnlich heiß für diese Jahreszeit, findest du nicht?"

***

Bourke war losgestürmt, um den Empfang in der Staatsgalerie nicht zu versäumen, wo seine Frau Pat James zum erstenmal das Werk eines berühmten, umstrittenen tschechischen Malers ausstellte. „Schreie im Internet" war für einige Millionen Dollar erworben worden, weshalb mit Protesten aus sozial schwachen Stadtteilen zu rechnen war. Erst letzte Woche hatte Kent Agar die Gelegenheit ergriffen und das Werk als ein „Auskotzen auf Leinwand" verdammt und im Parlament die Einkaufspolitik der Staatsgalerie als Mißbrauch von sauer verdientem Geld der Steuerzahler angeprangert.

Als Carol jetzt eine Notiz auf Bourkes Schreibtisch legte mit der Bitte, Jeanine Price als wahrscheinliche Informantin aus der Pathologie zu überprüfen, dachte sie liebevoll an Pat, deren geradlinige, unverwüstliche Art und robuste Gestalt das Gegenteil dessen war, was Carol sich unter feinsinnigen Kunstbewanderten vorstellte.

Da der *Shipley Report* um sieben begann, holte Carol sich noch einen Becher Kaffee und kehrte in ihr Büro zurück. Als sie den Fernseher anstellte, sah sie sich selbst auf der Mattscheibe. Die Nachrichtensendung auf Channel Thirteen war noch nicht zu Ende, und über den Doppelmord wurde ausführlich berichtet. Carol sah, wie sie auf den Stufen mit Agar sprach. Dann kam sie aus seinem

Haus auf die Kamera zu, wo die Reporterin unter der Absperrung durchschlüpfte und ihr Fragen entgegenrief. Jetzt kommentierte eine Stimme aus dem Off: „Kommissarin Ashton ist nicht unumstritten, und die rätselhafte Doppelhinrichtung könnte sowohl mit dem organisierten Verbrechen in Verbindung stehen als auch mit der Regierung von New South Wales!" Bilder vom Abtransport der Leichen folgten. „Weitere Informationen in den Nachrichten um dreiundzwanzig Uhr..."

Madeline Shipley begann ihre Magazinsendung mit der Ankündigung eines Exklusivinterviews mit Kent Agar. Während sie ihn beschrieb, blickte sie in die Kamera. „...der prominente, streitbare Politiker, der für manche ein fanatischer Rechter ist, für andere der Retter familiärer Werte, die unser Land groß gemacht haben."

„Das hältst du nicht aus", sagte Carol zu sich.

Sie beugte sich über einen Stapel Papiere, die sie konzentriert durcharbeitete. Nur hin und wieder warf sie einen Blick auf den Fernseher, da der *Shipley Report* sein übliches Repertoire präsentierte: einen Lottomillionär, der sich weigerte, seinen Gewinn mit den Kollegen seiner Tippgemeinschaft zu teilen; ein ausgerissenes Mädchen, das die weinende Mutter endlich wieder in die Arme schloß; eine dramatische Warnung vor Pestizidrückständen in Obst und Gemüse; die unabdingbare rührende Tiergeschichte, diesmal die Rettung eines ausgesetzten Welpen, der in den Gulli gefallen war.

„...und jetzt folgt das Exklusivinterview im *Shipley Report*. Wir unterhalten uns mit einem Politiker, der von den einen geschätzt, von den anderen gehaßt wird, und der nun von dem schrecklichen Doppelmord betroffen ist!"

Carol legte ihren goldenen Stift beiseite und lehnte sich gespannt zurück. Eine kurze Montage der Sequenzen: Das Absperrband der Polizei flatterte im Wind; die aufgestellten Sichtblenden verdeckten die Leichen; Agars Haus, aus dem der Politiker trat, die Stufen hinunterging, wo ihm Carol entgegenkam; der Abtransport der Leichen und schließlich ein Close-up von der Schlagzeile in der Zeitung: POLIZEI WINDELWEICH BEI VERBRECHEN, BEHAUPTET AGAR.

Ernst und zurückgenommen stellte Madeline ihren Gesprächspartner vor. Er war genauso gekleidet wie am Nachmittag bei Carols Besuch.

„Madeline", sagte er tiefbetrübt, „ich glaube, es ist nicht übertrieben, wenn ich sage, daß diese wahllosen Morde die Fundamente unserer Gesellschaft bedrohen." Er hob die Hand, wie um ihrer Unterbrechung zuvorzukommen. „Ich sage Ihnen, wenn ein Parlamentarier von der Hand des organisierten Verbrechens – von der Gewalt, die Prostitution und Rauschgifthandel unausweichlich mit sich bringen – berührt werden kann, dann ist niemand, *niemand* mehr sicher!"

Er starrte direkt in die Kamera. „Und die Polizei hat jede Gelegenheit gehabt, dieses Krebsgeschwür auszumerzen, das unser Land befallen hat. Die großen Bosse des organisierten Verbrechens dingfest zu machen. *Jede* Gelegenheit!"

Er warf den Kopf zurück, und seine hochmütigen Augenbrauen zuckten nach oben. „Warum ist das nicht passiert? Weil ich überzeugt bin, daß genau die Leute, die einen Eid darauf geleistet haben, uns und unsere Familien zu schützen, bestochen worden sind."

„Das hältst du nicht aus", sagte Carol zum zweitenmal.

6

Die luxuriöse Einrichtung des Büros des Polizeichefs hatte etwas kompromißlos Männliches. Der dicke Teppich verschluckte Tritte, das Mobiliar war schwarz und schwer, auf schmückende Dekoration war gänzlich verzichtet worden – die Ausstattung des Zimmers war einzig auf Funktionalität gerichtet. Gardinen und Vorhänge fehlten ebenfalls, so daß hinter den Fenstern die Lichter der Stadt präsent waren. Irgendwo weit unten heulte eine Sirene durch die Straße.

Wieder einmal hatte Carol den Eindruck, daß sich der Polizeichef mit seiner massigen Gestalt, der dröhnenden Stimme und den linkischen Gesten in dieser Umgebung nicht unbedingt wohl fühlte. Ganz im Gegensatz zu dem anderen Mann, den sie nicht kannte. Carol musterte ihn aufmerksam, als er aufstand, um ihr die Hand zu schütteln. Er war zierlich und hatte etwas Geschmeidiges, einen glattrasierten, samtenen Teint und dazu eine leise angenehme Stimme. „Kommissarin Ashton, wie schön, Sie kennenzulernen. Ich heiße Malcolm Trevorwill. Ich bin von ASIO, wie Sie sich vielleicht schon gedacht haben."

Er drückte ihr fest und kurz die Hand; sein dezentes Lächeln verschwand.

Der Polizeichef deutete auf einen Sessel, damit Carol sich setzte. „Wie ich höre, hat Agentin Cleever Sie bereits instruiert."

„Ja. Heute nachmittag."

„Dann sind Sie ja über den Ernst der Lage im Bilde", sagte Malcolm Trevorwill, beugte sich zu seinem Aktenkoffer neben seinem Sessel und nahm ein paar Blätter heraus. „Kommissarin, diese Dokumente sind unter Verschluß. Bitte, lesen Sie zuerst. Sie können dazu Fragen stellen, sich aber keine Notizen machen. Ihnen ist sicher klar, daß Sie über den Inhalt nicht reden dürfen, es sei denn mit einer dazu befugten Person."

Trevorwill reichte Carol die Papiere. Der Polizeichef räusperte sich. „Kaffee?" Er deutete auf eine Isolierkanne auf einem Tablett mit drei Tassen und Mürbegebäck.

„Vielen Dank. Schwarz bitte." Carol zweifelte nicht daran, daß sein Kaffee besser war als das übliche Kantinengebräu. Es wurde still im Raum, nur der Kaffee plätscherte beim Eingießen, dann klirrte leise der Löffel, als Trevorwill den Zucker umrührte.

Carol überflog die in zweizeiligem Abstand bedruckten vier Seiten, denen ein engbedruckter Nachtrag folgte. Dann las sie konzentriert von vorn bis hinten.

Sie blickte auf. „Es gibt keinen direkten Beweis, daß der Geheime Kreis an das Nervengas gelangt ist?"

Trevorwill trank einen Schluck und setzte die Tasse ab. Er sah von Carol zum Polizeichef, während er erklärte: „Keinen direkten Beweis, aber die Vermutung stammt aus überaus gut informierter Quelle. Wir haben erst nach dem Schiffstransport von dem Sarin erfahren und die Spur von Los Angeles über den Seeweg nach Sydney verfolgt. Wir konnten verschlüsselte Informationen auffangen, die den Transport zu einer militanten Untergrundorganisation begleiteten. Mit einem geheimen Kennzeichen, einem gelben oder goldenen Kreis identifizierte sich diese Gruppe im Internet, und unser Agent bestätigte, gehört zu haben, daß dieses Symbol mit einer Untergrundorganisation in

Zusammenhang steht, die sich Geheimer Kreis nennt und in der Gegend von Katamulla angesiedelt ist."

Nach ihrem Treffen mit Denise hatte Carol sich eine Landkarte von New South Wales angesehen, deshalb erkundigte sie sich: „In dieser Gegend gibt es einige Kleinstädte. Warum sollte es gerade Katamulla sein?"

„Im Boolworrie Nationalpark haben Buschwanderer in einem tiefen Wasserlauf an einem unwegsamen Pfad nicht weit von Katamulla etliche tote Rinder entdeckt. Die Parkverwaltung informierte uns, als sie herausfanden, daß die Tiere eines unnatürlichen Todes gestorben waren, und glaubten, sie seien vergiftet worden. Unsere Leute stellten fest, daß es sich um Sarin handelte."

Sarin. Carol wußte, daß mit diesem Nervengas bei dem Anschlag auf die U-Bahn in Tokio die japanische Aum-Sekte zwölf Menschen getötet und Hunderte vergiftet hatte. Doch erst nachdem sie Trevorwills Dokumente gelesen hatte, wußte sie genauer, wie tödlich die Substanz in geschlossenen Räumen war und wie leicht man an das Gas herankommen konnte.

„Das Sarin verschwand aus einem U.S.-Armeedepot in Utah, wo es mit Senfgas und anderen chemischen Waffen lagerte, um in einem Hochtemperaturofen vernichtet zu werden", erklärte Trevorwill. „Dort steht der erste von acht solchen Verbrennungsöfen, die im Lauf der nächsten zehn Jahre gebaut werden, jeder einzelne kostet über eine Billion für die Bau- und Betriebszeit. Die Lagerung aller Waffen und Bomben mit diesen Substanzen in den einzelnen Depots ist für extremistische Gruppen natürlich höchst verlockend." Er lächelte düster. „In diesem speziellen Fall hätte es noch schlimmer kommen können – im Depot in Utah lagert nämlich VX, das tödlichste aller Nervengase im U.S.-Arsenal."

Carol fand Sarin schon tödlich genug. Das Dokument in ihren Händen schilderte detailliert den Wirkungsverlauf des Nervengases. Es begann mit Muskelkrämpfen, dann trat den Opfern Schaum aus dem Mund, die Lungen wurden zusammengepreßt und füllten sich mit Flüssigkeit. Gleich darauf erstickten die Opfer. Jene, die das Glück hatten, niedrigeren Konzentrationen ausgesetzt gewesen zu sein, litten unter Magenkrämpfen und tränenden Augen. Personal, das mit Sarin in Berührung kam, mußte Gasmasken tragen und bekam Gegenmittel gespritzt.

„Das Ende Amerikas", bemerkte der Polizeichef. „Es gibt doch auch was Erfreuliches zu berichten? Namen? Fakten, an wen das Zeug in Australien gegangen ist?"

Trevorwill schüttelte den Kopf. „Das Ganze ist äußerst vage. Das FBI hat eine Zeitlang eine Gruppe überwacht, die sich Complete Freedom Militia nennt. Diese Gruppe soll angeblich die Kontaminierung der Wasserversorgung von Seattle mit Anthrax geplant haben. Echte Beweise gab es nicht. Der Diebstahl dieses Sarin sieht wie eine Insidertat aus, wurde aber mit dieser militanten Gruppe in Zusammenhang gebracht, weil sich zwei ihrer Mitglieder zu diesem Zeitpunkt in der Umgebung des Armeedepots in Utah aufgehalten haben sollen. Doch auch dafür fehlen die Beweise."

„Anthrax?" fragte der Polizeichef scharf. „Glauben Sie, daß der Geheime Kreis über biologische Waffen verfügt?"

„Das ist schon möglich." Trevorwill nahm Carol die Dokumente aus der Hand. „Wir können nur hoffen, daß es nicht so ist, denn ein biologischer Anschlag mit einem so bösartigen Virus wie Anthrax könnte das Leben von Hunderttausenden gefährden. Wohingegen Sarin sich in der Luft abschwächt, verteilt und deshalb nur in geschlossenen Räumen effektiv ist."

„Das Ganze ist verdammt ernst", sagte der Polizeichef und schob den Unterkiefer vor.

„In der Tat." Trevorwill zog die Brauen hoch, als er sich an Carol wandte: „Sie können verstehen, Kommissarin, warum wir in dieser Sache auf Ihre totale Kooperation angewiesen sind."

„Natürlich wird Kommissarin Ashton Sie rückhaltlos unterstützen", sagte der Polizeichef. Er machte eine weitausladende Geste. „Und der gesamte Polizeiapparat von New South Wales steht Ihnen zur Verfügung."

Trevorwill wirkte nicht gerade beeindruckt. „Totale Geheimhaltung in dieser Sache ist lebenswichtig. Deshalb bleibt die geheime Staatspolizei im Moment auch im Hintergrund. ASIO hat zur Zeit im Grunde lediglich ein paar Fakten, Vermutungen und Namen, denen wir nachgehen. Solange Schlüsselfiguren des Geheimen Kreises nicht identifiziert sind, dürfen wir nichts unternehmen, das die Gruppe alarmiert. Andernfalls würde sie untertauchen, Beweise vernichten und jede Spur verwischen, um dann von woanders zu operieren."

Er nickte Carol zu. „Aber Kommissarin Ashton hat allen Grund, nach Katamulla zu fahren und Fragen zu stellen. Sie untersucht einen Doppelmord, insofern wird es niemanden überraschen, wenn sie nachforscht, was es mit Wayne Bucci und seinem Bekanntenkreis auf sich hat."

„Heute nachmittag sagte mir Denise Cleever, daß Ihr Agent berichtet hat, ein Mann aus dem Ort namens Rick Turner habe ihn mit den führenden Köpfen des Geheimen Kreises zusammenbringen wollen", sagte Carol. „Sobald ich jemanden finde, der bestätigt, daß die beiden zusammen waren, kann ich ihn mir vorknöpfen – eher nicht, sonst schöpfen er und alle anderen Verdacht, daß ich ungewöhnliche Informationsquellen habe."

„So ist es. Wie ich sehe, sind Sie sich der heiklen Situation durchaus bewußt." Er blickte den Polizeichef an. „Bevor Sie gekommen sind, Kommissarin, haben wir Strategien besprochen..."

Wie auf Kommando ergriff der Polizeichef das Wort: „Die Medien wurden bereits informiert, daß wir Spuren verfolgen, die darauf hindeuten, daß die Morde mit einem Kampf der Drogendealer in Verbindung stehen. Da es in dieser Gegend des Landes schon mal Rauschgiftgeschichten gegeben hat, ist es eine durchaus einleuchtende Titelstory."

„Ist der dortige Kripochef über die wahre Situation informiert?"

„Ich selbst habe bereits mit Healy gesprochen", erklärte der Polizeichef schnaufend. „Er weiß das Minimum, das er wissen muß – daß sich ASIO in seinem Bezirk befindet. Alle anderen, und das schließt auch die Polizisten in Katamulla ein, dürfen auf keinen Fall etwas erfahren."

„Mark Bourke wird eng mit mir zusammenarbeiten."

Der Ledersessel knirschte, als Trevorwill sich vorbeugte „Denise Cleever informierte uns, daß Inspektor Bourke sie bereits kennt, um also ihre Anwesenheit in Katamulla zu erklären, sollte er wissen, daß ASIO sich für diese bewaffnete Gruppe interessiert. Aber Bourke soll nicht erfahren, daß der Geheime Kreis möglicherweise in Besitz von Sarin ist oder daß diese Gruppe der Kopf eines Netzwerks extremistischer Zellen ist."

„Sie sollten wissen, daß wahrscheinlich auch Madeline Shipley mit einem Filmteam in Katamulla sein wird", sagte Carol. „Ich bin mir zwar nicht sicher, ob sie sich wirklich kennengelernt haben, aber die Möglichkeit besteht, daß sie Denise Cleever aus der Marla Strickland-Sache kennt."

„Das könnte ein Problem sein." Trevorwill legte grübelnd den Zeigefinger an die Lippen. „Wenn wir aus Sicherheitsgründen ein offizielles Drehverbot verhängen, werden die Medien hellhörig, und jemand könnte quatschen. Da halten wir uns lieber zurück."

Seine grauen Zellen arbeiteten eine Weile, dann lehnte er sich zurück und sah Carol an. „Madeline Shipley ist doch mit Ihnen befreundet, nicht wahr?"

Carol fragte sich, ob ihre Akte Aufschluß gab, *wie* befreundet sie waren. „Ja, ich kenne sie."

„Wenn sich herausstellt, daß Shipley wirklich nach Katamulla fährt, werde ich sie darüber informieren lassen, daß dort eine verdeckte Operation stattfindet, aber das ist auch alles. Ansonsten werde ich Ihnen und Agentin Cleever die Einschätzung der Situation überlassen, so daß Sie auf einer persönlichen Ebene entsprechende Schritte unternehmen können."

Er verzog den Mund. „Hat Denise Cleever etwas über ihre Undercover-Rolle gesagt? Unter dem Decknamen Denise North wird sie als Vertreterin für Schulbuchverlage tätig sein und in diesem Bezirk Aufträge in den Buchhandlungen ordern."

Der Polizeichef sah auf die Uhr. „Ich habe einen Termin..."

„Ich denke, wir sind fertig", erklärte Trevorwill. „Sollten Sie weitere Fragen haben, wenden Sie sich direkt an Agentin Cleever. Sie wird sich mit Ihnen in Verbindung setzen, wahrscheinlich im Hotel Katamulla, wo Sie beide wohnen werden."

„Carol, wenn Sie morgen hinfahren", sagte der Polizeichef grinsend, „vergewissern Sie sich, daß Sie das beste Zimmer bekommen, das dieses Etablissement zu bieten hat. Ich versichere Ihnen, daß all Ihre Ausgaben genehmigt werden."

Carol wußte aus Erfahrung, was für Zimmer sie in den Etablissements auf dem Land erwarteten. „Danke", sagte sie ohne große Begeisterung.

7

Auf ihrer Fahrt nach Katamulla trug Carol einen blauen Hosenanzug, unter dem die handliche kleinkalibrige Glock 27, die in einem Halfter über dem Knöchel steckte, verborgen war. Unter ihrer Jacke steckte eine Neun-Milli-meter-Beretta in einem Schulterhalfter, dessen Gewicht unter ihrem Arm sie beruhigte.

Als sie sich heute morgen nach dem Laufen angezogen hatte, war sie sich ein wenig blöd vorgekommen, so bis an die Zähne bewaffnet, doch das anschließende Training mit einem Waffenexperten der Polizei hatte sie eines Bes-seren belehrt. Als sie auf die menschengroßen Zielschei-ben geschossen hatte, mußte sie an Bayliss und Bucci und an die auf die Brust gehefteten Zielscheiben denken. Sie sah direkt, wie die Mörder Aufstellung bezogen, wie ihre Hände das kalte Metall der Waffen streichelten. Hatten sie geschwiegen oder nervös Witze gerissen, bevor jemand das Signal zum Feuern gab?

Mark Bourke würde später nachkommen, und als sie allein über den Highway brauste, fühlte sie sich richtig aufgekratzt.

Sie setzte ihre Sonnenbrille auf, drehte die Lautstärke hoch und sang die Songs auf ihrer Lieblings-CD, einem Album der Rock'n'Roll-Klassiker mit. Es herrschte wenig

Verkehr; sie genoß die Fahrt an mächtigen Eukalyptus-
wäldern und grünen Weiden vorbei, die von den in dieser
Jahreszeit ungewöhnlichen Regenfällen profitierten.

Unvermittelt verschwand die Sonne. Sie nahm ihre
Brille ab und betrachtete die sich ballenden grauen und
purpurfarbenen Wolken. Kurz darauf blitzte es, doch der
Donner ging in der lauten Musik unter. Entgegenkommende Fahrzeuge waren naß und fuhren mit Licht.

Hinter einer langgestreckten Kurve prasselte auf einmal der Regen nieder, es schüttete so heftig, daß die
Scheibenwischer sich fast überschlugen, ohne für eine
klare Sicht durch die Wassermassen sorgen zu können. Sie
bremste den Wagen ab und schaltete die Scheinwerfer an.
Als der Regenguß nachließ, beschleunigte sie wieder das
Tempo. Sie fühlte sich wie in einem Kokon aus Geräu-
schen: das Klacken der Scheibenwischer, das Zischen der
Reifen auf der nassen Fahrbahn, das gesunde Dröhnen
des Motors, die aus den Lautsprechern schallende Musik.

Plötzlich überkam Carol ein absolutes Glücksgefühl,
doch als sie dem auf den Grund gehen wollte, zerstreute
es sich, was blieb, war ein angenehmer Nachgeschmack.

In der Ferne kam Katamulla in Sicht, und der Regen
hörte auf. Ein stürmischer Wind trieb die dunklen Wolken
auseinander, so daß die Sonne durchbrechen konnte. Die
nasse Straße reflektierte das grelle Licht, frischgewasche-
nes Laub tanzte leuchtend grün an den Bäumen. Carol
schaltete die Musik aus, kurbelte die Scheibe herunter
und ließ die von der dampfenden Erde würzige feuchte
Luft in den Wagen.

Sie parkte in der Hauptstraße, in der reger, doch un-
hektischer Betrieb herrschte. Auch der Verkehr war ge-
mächlicher als in der Großstadt, Fußgänger ließen sich
Zeit zu einem Schwätzchen. Dieser Ort schien all das zu

beinhalten, was sie von Kleinstädten auf dem Land in Erinnerung behalten hatte. Da hatte sie bei Familienausflügen auf dem Rücksitz gesessen und nach den Milchbars Ausschau gehalten, so daß sie, wenn sie geparkt hatten und durch den Ort schlenderten, ihren Eltern in den Ohren liegen konnte, dort ein Eis zu essen oder einen Schokoladenmilchshake zu trinken. Katamullas Hauptstraße erinnerte sie an eben diese Vergangenheit. Erfreut sah sie, daß das Café Imperial mit seinen antiquierten Glastresen genau ihrer Vorstellung entsprach. Milchshakes standen auf einer Extra-Karte, nur wurde das Eis nicht mehr aus tiefen Metalleimern gekratzt, sondern war bereits abgepackt. Grellbunte Plakate warben für die diversen Köstlichkeiten.

Sie spazierte am Café vorbei die Straße entlang. Ein darübergespanntes Transparent kündigte die Woche der Bushranger an: DOOM O'REILLY-FESTSPIELE. Am Rathaus, einem ehrwürdigen roten Backsteinbau, war eine Gedenktafel für einen lange verstorbenen Bürgermeister befestigt. Gegenüber befand sich das solide Sandsteingebäude der Post, dessen Turm auf dem Dach an eine Kirche erinnerte. Dahinter teilte sich die Straße und lief um ein Kriegerdenkmal aus grauem Granit herum, auf dem die Namen der Söhne und Töchter des Ortes standen, die in den Kriegen des zwanzigsten Jahrhunderts gefallen waren.

Drei Kirchen machten sich die prominenten Plätze streitig: St. Lukas war eine schlichte, funktionale anglikanische Kirche, deren Anschlag am Schwarzen Brett eine gewisse Modernität bezeugte: Rock-Gospel-Messe am Sonntagabend mit Laserlightshow. Auf der gegenüberliegenden Straßenseite lächelte der Patron der katholischen Kirche, der Heilige Franziskus, von seiner Säule vor dem

Portal mit den alten Glasmalerei-Fenstern herab. Dahinter lag die Unitarierkirche St. Clemens, deren Schachtelbau in schmutzigem Ockergelb einen herben Kontrast bildete.

Carol knurrte der Magen. Ihr Frühstück am Morgen hatte aus dem üblichen Toast und Kaffee bestanden, und mittlerweile war es Mittag. Also machte sie kehrt und ging zum Café Imperial zurück. Die Serviererin mittleren Alters in einer pinkfarbenen Uniform, die mindestens eine Nummer zu klein war, wies ihr einen Platz in einer hinteren Nische an. Der Kunstlederbezug war abgewetzt, aber sauber, und in der Mitte auf dem gesprenkelten Resopaltisch befanden sich die obligatorischen Einheitsstreuer für Salz und Pfeffer, eine Speise- und Getränkekarte in Plastikfolie, ein Zuckerstreuer aus Glas, drei Fläschchen mit Tomaten-, Senf- und Steaksauce, ein Serviettenhalter aus Plastik und in einer geschmacklosen blauen Vase zwei verhungerte künstliche Rosen.

Die handgeschriebene Speisekarte ließ Carols Herz höherschlagen, da waren Köstlichkeiten zu finden, die sie als Jugendliche zuletzt gegessen hatte, wie Gemischte Grillplatte – Steak, Würstchen, Leber, Speck und Lammfleisch, alles auf einem Teller. Vor soviel Cholesterin kapitulierte sie dann doch und bestellte einen Hamburger Imperial, die Spezialität des Hauses, die auch nicht beträchtlich gesünder war.

Während sie auf das Essen wartete, hörte sie entspannt der Unterhaltung an den Nebentischen zu. Die Aussprache hier auf dem Land war breiter und langsamer. Zwei Männer in der rechten Nische diskutierten über die Getreidepreise; drei junge Leute zu ihrer Linken unterhielten sich über die Komödie, die gestern abend im Fernsehen gelaufen war, und schwatzten über die Schauspieler.

Dann kam die Serviererin mit ihrem Hamburger, von

dessen Größe sich Carol förmlich erschlagen fühlte. Eine dicke Schicht Hackfleisch, mit Käse überbacken, darüber türmte sich Salat, obendrauf Rote Beete-Scheiben. Das Ganze mit Kartoffeln und Tomatenscheiben garniert.

„Tee, Schätzchen?" fragte die Serviererin.

Noch bevor sie den Anblick der Portion vor sich verdaut hatte, hörte Carol sich sagen: „Einen doppelten Schokoladenmilchshake, bitte."

* * *

Mit dem Gefühl einer gestopften Gans ging Carol zu ihrem Wagen zurück. Die Serviererin hatte interessiert aufgehorcht, als Carol sich nach dem Polizeirevier erkundigte. „Sie können's gar nicht verfehlen", hatte sie gesagt und ihr den Weg so erklärt, daß es jeder Einheimische im Schlaf gefunden hätte. Trotz aller Skepsis folgte Carol ihrer Beschreibung und verfuhr sich nur einmal, bis sie vor dem hübschen kleinen Polizeigebäude stand.

Es war offensichtlich früher mal eine Villa gewesen, rechts und links von zwei ähnlichen Gebäuden flankiert, alle mit sehr gepflegten Vorgärten. Nur war am Polizeirevier ein weißes Schild angebracht, das es als solches auswies, und im Vorgarten war eine Parkfläche asphaltiert worden, in deren Mitte ein krüppliger Eukalyptusbaum vor sich hin vegetierte. Neben den ausgetretenen Eingangsstufen stand ein verdreckter Wagen auf einem abgeteilten Stück mit einem Schild: *Nur für Dienstfahrzeuge.*

Carol ging die Stufen hinauf über die nackte Veranda, deren ungestrichene Holzbretter unter ihren Füßen knackten, und stieß die Tür auf, an der ein handgeschriebenes Schild mit einer Telefonnummer hing, für den Fall, daß das Revier nicht besetzt war.

Der Raum drinnen war erweitert worden, indem man eine Wand zum Nebenzimmer eingerissen hatte. Hinter einem Schalter aus Holz saß ein langer dünner Mann um die Dreißig mit einer ziemlich großen Nase und ebensolchem Adamsapfel. Er sah gleichgültig auf. „Ja?"

Als Carol sich auswies, sprang er hastig auf die Füße. „Kommissarin Ashton! Wir haben Sie schon erwartet. Ich bin Konstabler Kirk. Ken Kirk." Er eilte um den Schalter herum und zog sich die Uniform glatt. „Tut mir leid, aber Sergeant Griffin ist zur Zeit draußen, und ich weiß nicht, wann er zurücksein wird..."

Carol war im ersten Moment irritiert. Sie hatte heute morgen mit Griffin telefoniert, und dabei hatte er sie wissen lassen, daß er den ganzen Nachmittag auf dem Revier sei. „Dann gehe ich erst mal ins Hotel und checke mich ein. Würden Sie Sergeant Griffin bitte ausrichten, mich im Hotel anzurufen, wenn er kommt?"

Kirk begleitete sie zu ihrem Wagen und versicherte, er würde dafür sorgen, daß der Sergeant sie sofort anriefe, wenn er käme. Er erklärte ihr, wie sie am besten zur Hauptstraße zurückfand, und seine Beschreibung klang ganz anders als die zuvor. Trotz eines Umwegs gelangte sie schließlich zur Hauptstraße und parkte vor dem Hotel Katamulla, das erst unlängst renoviert worden und in Creme und Dunkelgrün gehalten war.

Das zweigeschossige Holzhaus war nach der Renovierung wieder in altem Glanz erstrahlt, ein Gebäude der Jahrhundertwende, mit breiten Veranden und gedrechselten Säulen, dazwischen schmiedeeiserne Balustraden. Hinter der Doppeltür schmückte antike Werbung für Bier und geistige Getränke, auf gerahmtes Spiegelglas gemalt, beide Seiten des Eingangs. Eine große ebenfalls auf Glas gemalte Hand wies den Weg zur Linken: ZUR BAR stand unmißverständlich darauf. Die Halle drinnen war abgedunkelt und geheimnisvoll. Über dem breiten Eichentresen hing ein verwittertes altes Holzschild mit der Inschrift: *H. und B. Bennett,* die Besitzer, wie sie aus dem Bericht von ASIO wußte. An einer Tür links vom Tresen hing ein ähnliches Schild: LADIE'S BAR war darauf eingraviert und sollte historische Authentizität bezeugen, obwohl die strikte Trennung von Männern und Frauen in australischen Trink-Etablissements schon lange der Vergangenheit angehörte.

Carol befolgte die Anweisung auf einer Karte auf dem Tresen und drückte zweimal die kleine Messingklingel. Nach einer Weile erschien eine abgehetzte Frau mit häßlich-attraktivem Gesicht und grauem Haar, das von zwei Perlmuttkämmen gehalten wurde. „Ja, meine Liebe?"

„Ich habe reservieren lassen. Auf den Namen Carol Ashton."

Die Frau lehnte sich auf den Tresen, so daß ihr ausladender Busen auf den aufgestützten Armen ruhte. „Sie sind die Polizistin aus Sydney. Ich hab' Sie im Fernsehen gesehen. Es geht um diese schrecklichen Morde, nicht wahr?"

Carol hatte einen gesunden Respekt vor dem Klatsch – der in Kneipen in Gang gesetzt werden konnte –, und ganz besonders auf dem Land. „Das stimmt", sagte sie. „Kannten Sie die beiden?"

Carol nannte keinen Namen. Es war schließlich eine Kleinstadt, und Dean Bayliss und seine Familie waren hier zu Hause. Und sie wußte, daß Wayne Bucci sich alle Mühe gegeben und soziale Kontakte geknüpft hatte, er war regelmäßig in den Pub gegangen und hatte sich bei diesen Gelegenheiten mit allen möglichen Leuten unterhalten.

„Schlimme Sache", sagte die Frau und schüttelte den Kopf, so daß noch mehr graue Strähnen unter den Kämmen hervorquollen. „Der junge Dean, ich kenne ihn von Kind an. Sein Vater ist ein gebrochener Mann, wissen Sie."

„Beryl, Liebes, ich brauche dich an der Bar." Er war ein sehr großer starker Mann und ziemlich heruntergekommen. „Ich kümmere mich schon um die Dinge hier."

„Dies ist Kommissarin Ashton aus Sydney..."

Er streckte die Hand über den Tresen und schüttelte Carols. „Herb Bennett. Ich zeige Ihnen Ihr Zimmer." Sein Gesicht war lang und bekümmert, sein Kinn schwabbelte. „Haben Sie Gepäck?"

Carol folgte ihm die Treppe hinauf in den ersten Stock. „Unser bestes Zimmer", sagte er, setzte ihren Koffer ab und deutete auf eine Innentür. „Das Badezimmer. Sie brauchen es mit niemandem zu teilen." Er öffnete die Balkontüren, die auf eine große Veranda hinausgingen. Ein Schwall kühler, feuchter Luft drang ins Zimmer „Schließen Sie sie, wenn Sie gehen", sagte er. „Sicherheitsvorschrift." Dann deutete er auf eine Kunstledermappe. „Hier ist die Speise- und Getränkekarte. Rufen Sie, wenn Sie irgendwas brauchen." Damit war er gegangen.

Carol stand mitten im besten Zimmer des Hotels Katamulla. Es war groß, mit blaßgelb geblümter Tapete. Den polierten Holzfußboden bedeckte ein ausgeblichener Teppich mit Blumenmuster nur zum Teil. Eine geschnitzte Frisierkommode und ein dazu passender Kleiderschrank standen an den Wänden gegenüber. Die Spiegel hatten Altersflecken. Das Doppelbett im schwarzen Metallgestell wies in der Mitte der safrangelben Bettdecke eine nicht zu übersehende Delle auf. Carol vermutete eine antike Matratze darunter und verdrehte die Augen.

Auf dem Nachttisch befand sich ein brauner Radiowecker, daneben ein kanariengelbes Telefon auf einem verwaschenen zitronengelben Deckchen. Während sie es noch anstarrte, klingelte es. Konstabler Kirk entschuldigte sich, aber er hätte von Sergeant Griffin gehört, daß er erst nachmittags um Viertel nach fünf zurückkäme. Ob sie vielleicht dann aufs Revier kommen könnte?

Carol sagte, sie würde dort sein. Kirk konnte ja nichts dafür, trotzdem wußte sie, daß sie verärgert klang. Sie brauchte unbedingt Griffins Bericht, vor allem über das Gespräch mit Scott, Kent Agars Sohn, das für heute morgen angesetzt gewesen war.

Sie trommelte mit den Fingernägeln auf den Hörer. Wie sie die Zeitverschwendung haßte. Dann nahm sie das dünne Telefonbuch aus dem Fach darunter und schlug die Nummer der Highschool nach.

***

Die Highschool von Katamulla entsprach Carols Erwartungen nicht im mindesten. Sie hatte sich einen kleinen muffigen Kasten vorgestellt, statt dessen fand sie einen flachen weitläufigen Gebäudekomplex mit klaren modernen Linien und hellen Primärfarben vor. Ein wenig abseits von den anderen lag ein auffälliger Bau in Schwarzweiß, auf dem in großen Lettern COSIL-ROSS-HALLE stand. Sie erinnerte sich, daß die Cosil-Ross-Familie beträchtliches Land besaß und sich – zusammen mit den Agars – des ältesten Stammbaums dieser Gegend rühmte.

Im Hof brachte Carol ihren Wagen fast zum Stehen, als Schulkinder aus der Schule auf sie zu gestürzt kamen. Das Dunkelblau ihrer Schuluniformen ließ sie an einen unerbittlichen Fluß denken. Einen Moment lang hatte Carol die absurde Vorstellung, daß die Schulkinder ihren Wagen erreichen und direkt darüber hinwegstürmen würden, ihre Füße donnerten über das Dach. Doch die Schulkinder teilten sich automatisch in zwei Ströme, die das Fahrzeug umflossen. Unwillkürlich grinsend drehte sie sich um und sah, wie sie sich wieder zu einem vereinigten und zum Tor hinaus ergossen.

Der Rektor, John Webb, hatte am Telefon nicht viel gesagt. Aber er war einverstanden gewesen, Carol zu empfangen, obwohl er nach der Schule noch eine Konferenz hatte und deshalb nur ein paar Minuten für sie erübrigen konnte. Sie wußte aus dem Bericht, daß er seit acht Jahren an der Highschool in Katamulla und mit einer Vorschullehrerin verheiratet war, die im Kindergarten des Ortes arbeitete. Sie hatten zwei Töchter.

Webb begrüßte sie im Vorzimmer, wo Ehrenrollen auf poliertem Holz die Namen der Schülerinnen und Schüler auflisteten, die beachtlich zum Ruhm der Schule beigetragen hatten. In einen großen Wandteppich waren in Purpur und Gold Emblem und Motto der Schule gewebt: AUF ZU HÖHEREM. Auf einem nicht zu übersehenden Schild stand, daß die Cosil-Ross-Familie diesen Wandteppich gestiftet hatte.

Webbs Kopf war für seinen hochaufgeschossenen Körper zu klein, und wie zur Verstärkung dieses Eindrucks trug er sein Haar sehr kurz geschnitten. Das Jackett seines verkrumpelten blauen Anzugs hing lose an den eingefallenen Schultern herab. Die Nägel seiner kurzen Finger waren abgekaut, und seinen Händedruck spürte Carol kaum. „Kommissarin Ashton, Ihr Ruhm eilt Ihnen voraus."

Ob er das ironisch meinte, war weder seiner Stimme noch seinem Ausdruck abzulesen. Er führte sie in ein angrenzendes Sprechzimmer. Es war stilvoll mit mehreren Sofas und passenden Sesseln möbliert, dann gab es eine

Kochnische mit Kühlschrank und Mikrowelle. Eine ganze Wand war mit gerahmten Fotos der Sieger im Schulsport dekoriert.

Als Carol bemerkte, wie vorzüglich die Schule ausgestattet wäre, antwortete er unbewegt: „Wir haben Förderer in der Gemeinde, und Kent Agar ist unser Abgeordneter im Parlament. Er setzt sich für die öffentliche Bildung und Erziehung ein."

„Ich nehme an, Sie kennen Mr. Agar gut."

„Sein Sohn ist in der zwölften Klasse." Beim letzten Wort schnappte sein Mund zu, und Carol glaubte fast hören zu können, wie seine Zähne aufeinanderklappten.

„War nicht Dean Bayliss bis letztes Jahr ebenfalls ein Schüler von Ihnen?"

„Ja." Selbst er schien diese Antwort reichlich knapp zu finden, deshalb fügte er nach einer Pause die obligatorische Erklärung hinzu, wie leid ihm der Tod dieses Jungen täte, eines beliebten und fleißigen Schülers. Selbstverständlich würde die Schule an der Beerdigung teilnehmen und eine offizielle Trauerfeier abhalten.

„Hat es je ein Anzeichen gegeben, daß Dean in etwas Ungesetzliches verstrickt war?"

„Sie meinen Drogen?" Das trieb ihm die Röte ins Gesicht. „Ganz und gar nicht. Ich bin stolz darauf, daß meine Schule von solchen Dingen nicht betroffen ist. Womit ich nicht sagen will, daß es hier nie irgendwelche Probleme gegeben hätte, aber ich habe sofort drastische Maßnahmen ergriffen."

„Nicht unbedingt Drogen. Irgend etwas."

Webbs Lippen verzogen sich zu einem winzigen Lächeln. „Irgend etwas, Kommissarin? Das ist allerdings ein weites Feld."

Carol gab sich ganz offen. „Wir haben im Moment nur

wenige Anhaltspunkte. Der Mord wurde als Hinrichtung inszeniert und war vielleicht als Warnung gedacht. Außerdem wurde ein weiterer Mann mit ihm erschossen. Es ist durchaus möglich, daß andere in Gefahr sind."

Webb trommelte sich mit den kurzen Fingern aufs Knie. Dann wurde seine Hand ruhig, als sei er zu einem Schluß gekommen. „Ich werde Sie mit dem Lehrkörper bekanntmachen. In wenigen Minuten beginnt unsere Konferenz, und vielleicht möchten Sie ja anschließend mit Dean Bayliss' Lehrern reden."

Carol ließ sich nicht anmerken, wie sehr sie die unerwartete Kooperation des Rektors überraschte, und folgte ihm durch den bunt dekorierten Gang zum Konferenzzimmer. Es hatte eine hohe Decke, überall standen Stühle mit orangenen Bezügen, jeweils in Fünfer- oder Sechsergruppen um einen niedrigen rechteckigen Tisch arrangiert. Die Unterhaltung verstummte, als Carol und Webb eintraten, die meisten der etwa dreißig Anwesenden sahen Carol mit unverhohlener Neugier an.

Der Lehrkörper war eine heterogene Gruppe, manche von ihnen wirkten so jung, daß sie fast selbst als Schüler hätten durchgehen können, während ein alter Mann mit weißem Zottelbart aussah, als sei er weit jenseits der Pensionsgrenze. Carol fragte sich, wer von den Lehrerinnen Gwen Pickard war, die Geheimagentin von ASIO. Mehrere Frauen waren in ihrem Alter, Anfang Vierzig.

Webb ging nach vorn und räusperte sich. „Bevor wir anfangen, möchte ich die Gelegenheit ergreifen und Sie mit Kriminalkommissarin Carol Ashton bekanntmachen", erklärte er. „Sie alle sollten wissen, daß sie hier in Katamulla ist, um den Mord an Dean Bayliss zu untersuchen, der bis letztes Jahr einer unserer Schüler war. Sie wird jetzt ein paar Worte an Sie richten und sich vielleicht nach der Konferenz mit allen, die womöglich nützliche Hinweise haben, individuell unterhalten."

Während Carol darauf wartete, daß das einsetzende Murmeln erstarb, spürte sie das Gewicht der kleinen Glock über ihrem Knöchel und die bedeutend schwerere Beretta unter ihrem linken Arm. Sie hatte die Waffe so oft aus dem Halfter gezogen und in Anschlag gebracht, bis ihr Trainer zufrieden war. Die kleine Glock war eine zusätzliche Sicherheit, eine halbautomatische Pistole mit neun Patronen im Magazin und einer in der Kammer. Im Sitzen war die Waffe schnell erreichbar. Sie musterte die ihr zugewandten Gesichter. War unter ihnen jemand, der zugesehen hatte, wie die beiden Männer starben?

Es wurde still, sie erklärte kurz, wer Dean Bayliss und Wayne Bucci waren. „... Sie wurden zusammen ermordet. Es muß deshalb zwischen den beiden ein Zusammenhang existieren, doch welcher, wissen wir momentan nicht. Falls jemand von Ihnen etwas weiß, wie unbedeutend diese Information auch erscheinen mag, würde ich gern nach der Konferenz mit Ihnen reden. Sollten Sie dann keine Zeit haben, geben Sie mir bitte Namen und Telefonnummer, damit ich mich später mit Ihnen in Verbindung setzen kann."

Vierzig Minuten dauerte die Konferenz bereits – deren Inhalt die Teilnehmenden genauso zu langweilen schien wie Carol –, wie sie mit einem Blick auf die Uhr bemerkte. Sie schlüpfte aus dem Zimmer und suchte ein Telefon. Dann rief sie das Polizeirevier an und entschuldigte sich, daß sie den Termin um Viertel nach fünf nicht einhalten könne, und bat, Sergeant Griffin solle auf sie warten.

Als sie ins Konferenzzimmer zurückkam, stellte sie mit Erleichterung fest, daß die Sitzung dem Ende zuging. Soeben beklagte sich der alte Lehrer, daß die Kolleginnen und Kollegen nicht zu den Schulaufführungen kamen. „Ich hoffe doch, daß Sie diesmal kommen, ich erwarte es wirklich", erklärte er säuerlich, und sein Zottelbart schien sich vor Ärger zu spreizen. „Ist es denn wirklich zuviel verlangt, Sie zu bitten, mal einen Abend nicht vor der Glotze zu sitzen und sich bedudeln zu lassen, sondern den Schülerinnen und Schülern zuzusehen?"

„Wie wahr, wie wahr!" rief eine Stimme von hinten, woraufhin alle lachten.

Webb sprang auf und ging nach vorn, um weitere Diskussion zu verhindern. „Also, wenn es jetzt keinen weiteren Punkt gibt..." Das war das Signal, daß die Konferenz beendet war, es erhob sich allgemeines Gemurmel. Webb rief in den Tumult: „Vergessen Sie Kommissarin Ashton nicht..."

Die dritte Person, die Carol ansprach, stellte sich als Gwen Pickard vor. „Vermutlich hilft es Ihnen nicht viel weiter, aber ich habe Dean an dem Freitag gesehen, bevor er verschwand. Er arbeitete in der Bäckerei, wissen Sie."

Die Undercoveragentin von ASIO faszinierte Carol, wußte sie doch, daß sie im Grunde den Lehrberuf an den Nagel gehängt hatte, um Spionin für ihr Land zu werden. Gwen Pickard war eine angemessen unscheinbare Person. Mit Anfang Vierzig neigte sie zur Fülle, ihr Haar wurde schon grau, und sie hatte viele Lachfalten in den Augenwinkeln. Ihre Hände sahen gepflegt und frisch maniküt aus, obwohl sie nikotinverfärbte Finger hatte.

Es war vereinbart worden, daß sich die Agentin bei ihrer ersten Begegnung an sie wenden und informieren würde, so daß die beiden durchaus begründet in aller Öffentlichkeit miteinander sprechen konnten. Carol notierte sich ihren Namen und ihre Adresse und sagte, sie würde sich mit ihr in Verbindung setzten.

Nach zwanzig Minuten hatte Carol verschiedene Hinweise erhalten, denen sie nachgehen konnte. Als der letzte Lehrer aus dem Zimmer stürzte, sagte John Webb, der ihr geduldig zur Seite gestanden hatte: „Sie können es kaum erwarten, am Ende des Schultags hier herauszukommen. Ich frage mich, warum."

Carol lächelte höflich über seine Bemerkung, ob sie ironisch oder ernst gemeint war, ließ sich aus seinem Ton nicht schließen. „Es war wirklich nett von Ihnen, daß Sie gewartet haben", erklärte sie und dachte, daß es für ihn die Gelegenheit war, herauszufinden, was sie genau in Erfahrung gebracht hatte.

8

Carol fuhr den Wagen auf den asphaltierten Streifen vor dem Polizeirevier und beglückwünschte sich, daß sie sich nur ein paar Minuten verspätet hatte. Neben dem verdreckten Auto parkte jetzt ein Streifenwagen, deshalb nahm sie an, daß Sergeant Griffin sie erwartete.

Sie parkte ihr Fahrzeug neben dem verkrüppelten Eukalyptusbaum. Gerade als sie den Zündschlüssel abzog, erfolgte eine Explosion, und die Vorderwand des Hauses brach mit ohrenbetäubendem Krachen heraus.

Der Wagen schaukelte heftig, und Carol riß schützend die Arme vors Gesicht. Bei der Druckwelle hagelten Trümmer auf das Auto nieder, das Verbundglas der Windschutzscheibe riß, ohne jedoch zu zerplatzen.

Sie stürzte aus dem Wagen und rannte los. Eine mächtige Staub- und Qualmwolke quoll ihr entgegen, beißender Gestank von versengtem Holz benahm ihr den Atem. Sie hörte eine Männerstimme schreien.

Die Tür hing quer in einer Angel. Carol duckte sich darunter durch und fiel fast über eine massige Gestalt, die vor dem zertrümmerten Schalter lag. Das Gesicht und die Hände waren weggerissen, der Körper zu einer blutigen Masse zerfetzt. Ken Kirk stand mit verzerrtem Gesicht über die Gestalt gebeugt und heulte wie ein Tier.

Flammen schossen aus dem Holz des zertrümmerten Schalters. Carol rüttelte Kirk an der Schulter. „Der Feuerlöscher – wo ist er?" Er nahm sie gar nicht wahr.

Sie rannte durch den Korridor nach hinten, da sah sie den roten Zylinder des Feuerlöschers an der Wand hängen. Sie hob ihn aus der Halterung und rannte zurück. Der Schaum löschte die Flammen fast augenblicklich. Rauch und Dunstschwaden vernebelten ihr den Blick.

Carol ließ den schweren Metallzylinder zu Boden gleiten. Ken Kirk jaulte noch immer außer sich und starrte entsetzt auf den zerfetzten Körper zu seinen Füßen. Rasch überprüfte sie ihn – er blutete nicht. „Aufhören!" schrie sie ihn an. Und als er nicht reagierte, versetzte sie ihm eine derbe Ohrfeige. Sein Kopf fuhr zurück, das Jaulen erstarb jäh. Keuchend starrte er sie an. „Der Sergeant..."

„Ist dies Sergeant Griffin?"

Seine Augen irrten zu der Gestalt am Boden. Sein Adamsapfel hüpfte, als er schluckte.

„War jemand hier? Was haben Sie gesehen?"

Er sah sie verständnislos an. „Gesehen?"

„Dies war eine Bombe, Konstabler. Ist ein Päckchen gekommen? Hat es jemand gebracht?"

Er schien ihre Frage nicht zu hören. „Der Sergeant...", sagte er. „Der Sergeant sagte, er weiß Bescheid..."

„Was wußte er?"

Er schüttelte heftig den Kopf, als müsse er ihn klarkriegen. „Der Sergeant..."

Carol wußte, daß er einen Schock erlitten hatte, aber
sie fuhr ihn heftig an. „Reden Sie!"

Doch er sagte nichts mehr. Widerstandslos ließ er sich
von ihr nach draußen führen. Als Carol bewußt wurde,
daß, wäre sie pünktlich gekommen, sie ebenfalls eine blu-
tige Masse auf dem Fußboden des Polizeireviers wäre,
schlotterten ihr die Knie.

9

Carol stand erst spät auf, da sie bis weit nach Mitternacht
auf den Füßen gewesen war. Nachdem gestern aus Harmerville, der nächstgelegenen größeren Stadt, Polizeiver-
stärkung eingetroffen war und den Tatort gesichert hatte,
verbrachte Carol eine qualvolle Stunde bei Sergeant Griffins Familie. Seine Tochter, ein Teenager, brach in fas-
sungsloses Schluchzen aus, seine Frau aber, eine plumpe
kleine Gestalt, beherrschte sich tapfer, um Carols Fragen
zu beantworten.

Als Carol sich erkundigte, ob ihr Mann jemals bedroht
worden sei, erklärte Mrs. Griffin, er habe gestern einen
anonymen Brief erhalten. „Arnie hat ihn gleich wegge-
worfen. Er hat ihn überhaupt nicht ernst genommen."

Sie erinnerte sich, daß der Brief auf schlichtes weißes
Papier getippt war. „Da stand etwas über ein Gericht und
daß Arnie wegen irgend etwas für schuldig befunden

worden wäre und daß die Strafe vollstreckt würde." Ihr Mund zitterte. „Ich hab' ihm gesagt, er soll ihn irgendwem zeigen, aber er hat ihn bloß in den Müll geworfen."

Carol fragte, ob ihr an dem Brief oder dem Umschlag etwas aufgefallen wäre. „Nein", antwortete sie. „Nur als Arnie ihn aufgemacht hat, ist ein kreisrundes gelbes Stück Papier rausgefallen."

Sie schüttelte den Kopf, als Carol sich erkundigte, ob der Brief sich noch in ihrer Mülltonne befände. „Die Müllabfuhr kommt immer mittwochs. Heute morgen sind alle Eimer geleert worden."

Danach hatte Carol ein langes Telefonat mit dem Polizeichef und mit Healy, dem Chef des zuständigen Landeskriminalamts, geführt. Ihrer Anweisung entsprechend hatte sie anschließend das öffentliche Telefon im Hotelfoyer benutzt und Trevorwill bei ASIO kontaktiert.

Nachdem sie sich ein paar Stunden mit Alpträumen im Bett gewälzt hatte, war es bereits Morgen. Sie duschte ausgiebig in der Hoffnung, die Verspannung in ihrem Rücken zu lösen – die durchgelegene Matratze war so unbequem, wie sie befürchtet hatte –, und zog eine Hose und einen Blazer an. Als sie ihre Pistolen in die Halfter schob, überlief es sie kalt. Keine Waffe schützte sie vor einer solchen Bombe wie der, die Sergeant Griffin umgebracht hatte.

Die Spurensicherung war noch am Abend mit dem Hubschrauber von Sydney gekommen, und Carol hatte Bourke, der kurz nach der Bombenexplosion eingetroffen war, am Tatort zurückgelassen. Ken Kirk war ins Krankenhaus gebracht und ruhiggestellt worden, aber Carol bezirzte den Arzt, einen kleinen pedantischen Mann, sie für ein paar Minuten zu ihm zu lassen. Sie holte aus ihm heraus, daß Griffin mit einem braunen Päckchen in der Hand aus dem Wagen gestiegen und hereingekommen war.

Kirk hatte gesehen, daß er es auf den Schalter gelegt hatte, war aber dann auf die Toilette gegangen und dort gewesen, als die Bombe explodierte. Als Carol weitere Einzelheiten aus ihm herausholen wollte, hatte er sich so aufgeregt und geschrien, daß der Arzt herbeigeeilt war und sie aus dem Zimmer gewiesen hatte.

Jetzt, im hellen Morgenlicht, hatte sich das Bild des zerfetzten Sergeants in ihre Erinnerung eingegraben. Sie hatte noch immer den beißenden Gestank verbrannten Fleisches in der Nase. Sie sah die überall verteilten Fetzen des zerrissenen Körpers vor sich, der blutend auf den Dielen lag, eine grausig gesichtslose Masse mit ausgestreckten Armen, denen die Hände fehlten.

Als erstes rief Carol Tante Sarah in Sydney an, um sie zu beruhigen, dann vereinbarte sie ein paar Termine und ging anschließend nach unten in den Speisesaal. Irgendwie hatte sie das Gefühl, Hunger sei eigentlich fehl am Platz, aber ihr knurrte gewaltig der Magen. Ein paar letzte Gäste schienen es mit dem Frühstück nicht eilig zu haben und sahen auf, als sie durch die Glastür hereinkam. Denise Cleever saß sittsam an einem Ecktisch und las die Zeitung, Carols Blick glitt uninteressiert über sie hinweg. Sie würden später ein zufälliges Treffen arrangieren.

Der Speisesaal des Hotels war bis in Augenhöhe mit dunklem Holz getäfelt, die Wände darüber waren weiß gestrichen. Vier Deckenventilatoren aus Holz rührten sich nicht, der fünfte drehte sich träge. Die soliden Stühle waren aus Rohrgeflecht, und die weißen Spitzendecken auf den Tischen reichten fast bis zum Boden.

Die Frau des Hotelbesitzers, Beryl Bennett, eilte herbei. Unter den Perlmuttkämmen quollen erst ein paar Haarsträhnen hervor, aber ihr weiches Gesicht hatte bereits einen gehetzten Ausdruck. „Kommissarin!" rief sie schon von weitem und gestikulierte, daß Carol am nächsten freien Tisch Platz nehmen könne. „Herb hat mir erzählt, daß Sie tatsächlich dort waren, als es passierte!"

Inzwischen starrten die übrigen Gäste Carol neugierig an. Sie konnte sich durchaus vorstellen, wie effektiv die Buschtrommeln über Nacht die schrecklichen Einzelheiten über den Tod des Polizisten verbreitet hatten. „Ich hatte gerade meinen Wagen geparkt, als die Bombe hochging", sagte Carol. Normalerweise hätte sie nicht mal zugegeben, daß es wirklich eine Bombe war. Oft wurde statt dessen erklärt, eine Gasleitung sei explodiert, um erst mal die Beweise zu sammeln, doch in diesem Fall wollte Carol soviel Klatsch aufwirbeln wie möglich, um jede denkbare Spur aufzudecken.

Beryl Bennett reichte ihr die Frühstückskarte, dann faltete sie die Hände vor ihrem üppigen Busen. „Niemand vermag es zu glauben. Ich meine, Arnie Griffin war so ein netter Mann. Er hat soviel für die Kinder getan und für unser Footballteam. Und er war das Herz und die Seele des Vereins für Heimatgeschichte. Es muß ein schrecklicher Irrtum gewesen sein. Niemand hätte ihm ein Haar krümmen wollen."

Sie hielt inne und deutete auf die Karte. „Wenn Sie ein richtiges Frühstück wollen, meine Liebe, müßten Sie sofort bestellen. Der Koch geht nämlich gleich."

Seit dem mächtigen Lunch gestern mittag hatte Carol nichts mehr gegessen, deshalb bestellte sie statt eines leichten Frühstücks das deftige Katamulla-Deluxe und Kaffee, dann lehnte sie sich zurück und sah sich um. Ein Mann, zwei Tische entfernt, schaufelte eine enorme Portion auf seinem Teller in sich hinein. Wohlstand und Selbstzufriedenheit waren ihm anzusehen. Er saß im Hemd mit knallbuntem Schlips da, sein Haar war angeklatscht und zurückgekämmt, sein Gesicht frisch rasiert und vor Gesundheit strotzend.

Er hob die Gabel, um sie auf sich aufmerksam zu machen. „Kommissarin Ashton, gestatten Sie, daß ich mich für einen Moment zu Ihnen setze?"

Als Carol nickte, sprang er auf die Füße, schnappte sich seinen Teller, Messer und Gabel und kam an ihren Tisch. Er stellte seine Sachen ab. „Augenblick noch", sagte er und ging zurück, um Toast, Tee und Serviette zu holen.

Ehe er sich setzte, schüttelte er ihr herzlich die Hand. „Bob Donnovan. Fortschrittsvereinigung."

Sie erkannte ihn sofort aus dem Bericht von ASIO wieder, in dem er als Besitzer des Eisenwaren- und Baustoffgeschäfts ausgewiesen war. Weit interessanter war die Tatsache, daß Rick Turner zu seinen Angestellten zählte.

Sie befreite ihre Hand aus seiner festen Pranke und sagte: „Ich glaube, Ihrer Vereinigung ist der Erfolg der Bushranger-Woche zu verdanken. In Sydney hat viel darüber in den Zeitungen gestanden."

„Ja, tatsächlich." Er ordnete sein Frühstück vor sich. „Sehr erfreulich. Macht es Ihnen was aus, wenn ich esse? Ich meine, Sie haben ja noch nichts."

„Aber bitte sehr." Sie betrachtete Donnovan, der eine Gabel voll Ei in den Mund schob, ein Stück Toast nachstopfte und geräuschvoll kaute.

„Sie wollten mir etwas sagen, Mr. Donnovan?"

„Bob! Sie müssen mich Bob nennen." Er trank seinen Tee und schluckte laut. „Tatsache ist, daß ich womöglich der letzte bin, der Arnie gesehen hat, bevor das passierte." Er schüttelte den Kopf. „Eine schockierende Sache. Ich würde sagen, der Grund war, daß er eine Drogengeschichte verfolgt hat, meinen Sie nicht auch?"

„Sie sagten, Sie haben den Sergeant gesehen..."

„So ist es. Ich hab' ihm zugewinkt, als wir uns auf der Straße begegnet sind. Er kam aus dem Gelände von Cosil-Ross, ungefähr um halb vier. Er hat wohl einen Besuch gemacht, nehme ich an. Haben Sie schon von ihnen gehört?"

„Noch nicht."

Donnovan aß in Gedanken versunken weiter. „Guter Mann", konstatierte er dann. „Arnie, meine ich." Mit Bedauern starrte er auf seinen leeren Teller, brach ein Stück vom Toast und wischte damit die letzten Reste auf. „Der Drogensache sollte man nachgehen", raunte er Carol zu. „Arnie hat diese Stadt saubergehalten, und das hat irgendwem – wahrscheinlich aus Sydney – nicht gefallen."

„Bob verrät Ihnen seine Theorien?" fragte eine Stimme.

Donnovan rückte seinen Stuhl zurück und stand auf. „Na, Lizbeth, ich hätte gedacht, du hättest dir die Kommissarin schon viel früher geschnappt."

Carol wußte aus dem Bericht, wer die Frau war, die auf sie herablächelte. Lizbeth Hamilton gehörte der *Katamulla Recorder,* eine Lokalzeitung, die sie von ihrem Mann geerbt hatte und mit Hilfe ihrer Tochter Becca betrieb, die mit Kent Agars Sohn, Scott, eng befreundet war.

Während Bob Donnovan die beiden miteinander bekanntmachte, musterte Carol sie. Obwohl sie eine alte Jeans und eine verwaschene schwarze Weste trug, war Lizbeth Hamilton unbestreitbar attraktiv. Ihre rotbraune Mähne hatte sie nachlässig zu einem Pferdeschwanz gerafft, der von einem Gummiband gehalten wurde. Dieser schnörkellose Stil betonte die klassische Gesichtsform. Sie hatte sehr blaue Augen und Grübchen, die mit ihrem Lächeln verschwanden.

„Das ist entsetzlich, Kommissarin. Erst Dean und Wayne und jetzt Arnie Griffin."

Ehe Carol antworten konnte, wurde ihr Frühstück serviert. „Laß die Kommissarin essen!" befahl Beryl Bennett. Sie räumte Donnovans Geschirr zusammen. „Willst du etwas, Lizbeth?"

„Ich weiß, daß ich Sie belästige", sagte Lizbeth zu Carol, „aber wenn es Ihnen recht ist, würde ich gern einen Kaffee mit Ihnen trinken." Sie nahm ihre voluminöse Tasche von der Schulter und zog einen Stuhl heran.

„Dann will ich mal gehen", sagte Donnovan, „und die Damen allein lassen." Er tippte Carol leicht auf die Schulter. „Wenn ich irgendwas tun kann... Sagen Sie's nur."

Lizbeth Hamilton sah ihm ausdruckslos nach, doch Carol hatte das Gefühl, daß sie Bob Donnovan ganz und gar nicht mochte.

Carol widmete sich ihrem Frühstück, das aus Spiegeleiern, gebratenem Speck, Würstchen und Bratkartoffeln bestand. Niemand sprach, bis der Kaffee kam.

Durch Frühstück und Coffein gestärkt, stellte Carol ein paar allgemeine Fragen über die Stadt und die Zeitung. Lizbeth Hamilton lachte abschätzig. „Ehrlich gesagt, Mord überfordert mich ziemlich. Für gewöhnlich sind die dramatischsten Ereignisse, über die ich schreibe, Verkehrsunfälle und Sachbeschädigung in Verbindung mit Ehestreit und Kneipenschlägereien."

„Sie kannten Dean Bayliss?"

„Von Kind an. Seine Familie ist natürlich völlig am Boden zerstört."

„Wir suchen nach einem Motiv, das solch brutalen Morden zugrunde gelegen haben kann", sagte Carol mit bewußter Offenheit. „Haben Sie je gehört, daß Dean sich auf irgend jemand oder irgend etwas Fragwürdiges eingelassen hat?"

„Ich wünschte, ich könnte Ihnen helfen, Kommissarin,

aber er war nur ein ganz normaler Junge – nicht besonders helle, aber sehr gutmütig."

Da Lizbeth zuvor Bucci bei seinem Vornamen genannt hatte, fragte Carol, ob sie ihn gut gekannt hatte.

„Wayne?" Sie starrte in ihre Kaffeetasse. „Er war ein netter Kerl, erst ein paar Monate in der Stadt, aber wir sind gut miteinander ausgekommen – er kam öfter mal auf ein Schwätzchen in die Redaktion." Sie blickte auf. „Haben Sie irgendeine Ahnung, *warum?* Ich kann mir nicht vorstellen, daß Wayne in irgendwas Dunkles verwickelt war."

„Mit wem war er befreundet? Hatte er richtige Freunde?" Carol wollte den Namen Rick Turner aus ihrem Mund hören, so daß sie einen nachvollziehbaren Grund hatte, ihn zu befragen.

„Er hat sich mit allen verstanden – obwohl er ja etwas extrem sein konnte." Als Carol sie fragend ansah, erklärte Lizbeth: „Wayne hatte so seine Ideen über eine Staatsverschwörung. Ich denke, er hat tatsächlich geglaubt, daß die Freiheit des Individuums in Gefahr sei." Sie lächelte betrübt. „Wir haben uns oft über das Thema gestritten."

„Wann haben Sie ihn zuletzt gesehen?"

„Freitagnachmittag gegen drei", antwortete sie ohne zu zögern. „Er war mit Rick Turner zusammen, der eine Annonce brachte, die am nächsten Tag in die Zeitung sollte."

Bingo! dachte Carol. Laut fragte sie. „Rick Turner?"

„Rick hat eine kleine Farm, ungefähr zwanzig Minuten außerhalb der Stadt." Lizbeth spielte mit dem Teelöffel. „Vermutlich werden Sie glauben, ich spiele die Detektivin, aber als ich von den Morden erfuhr, habe ich Rick gefragt, was an dem Nachmittag geschah, als er mit Wayne zusammen war. Er sagte, Wayne hätte irgendeine Verabredung gehabt, aber ihm keine Einzelheiten erzählt. Er hätte ihn gegen halb vier das letztemal gesehen, als er ihn vor Ivy

Smith' Haus absetzte, wo Wayne ein Zimmer gemietet hatte."

„Wo kann ich Mr. Turner finden?" erkundigte sich Carol, obwohl sie die Antwort aus dem Bericht kannte.

„Rick arbeitet halbtags im Eisenwarengeschäft. Dort werden Sie ihn bestimmt finden." Sie wühlte in ihrer großen Tasche und beförderte ein zerfleddertes Notizbuch zutage. „Von mir wird erwartet, daß ich Sie interviewe, Kommissarin", erklärte sie und blätterte bis zu einer leeren Seite. „Da ich am Ort bin, habe ich Anrufe aus Sydney erhalten, die meine Sicht der Geschichte wissen wollen."

Ihre Zeitung wurde in der Region viel gelesen, deshalb wollte Carol sie sich zunutze machen und die Öffentlichkeit um Mithilfe bitten. Das war ganz gegen ihre sonstige Gepflogenheit, sich zu einem so frühen Zeitpunkt die Medien vom Leib zu halten, doch dieser Fall erforderte andere Strategien. „Zu einem Interview bin ich gern bereit", erklärte sie, „aber ich werde Ihnen erst später mehr sagen können. Vielleicht könnte ich heute nachmittag in Ihre Redaktion kommen?"

Lizbeth Hamilton klappte ihr Notizbuch zu. „Das ist versprochen, hoffe ich? Redaktionsschluß für die morgige Ausgabe ist um vier." Sie lächelte. „Aber ich halte die Titelseite für Sie frei, Kommissarin. Vielleicht kann Becca ein Foto von Ihnen machen?" Und dann fügte sie mit sichtlichem Stolz hinzu: „Meine Tochter. Ich bringe ihr bei, was Sache ist."

„Mir wäre lieber, Sie brächten die Fotos der Opfer. Vielleicht hilft es ja bei irgendwem dem Gedächtnis auf die Sprünge."

Ernüchtert erkundigte sich Lizbeth jetzt: „Sind Sie von Donnovans Idee überzeugt, daß die Morde mit Rauschgift in Zusammenhang stehen?"

„Noch bin ich von gar nichts überzeugt. Wie ist Ihre Meinung?"

Lizbeth stemmte die Ellbogen auf den Tisch und stützte das Kinn auf die gefalteten Hände. „Hier in Katamulla geht irgendwas vor", erklärte sie leise. „Ich höre Gerüchte, Geschichten... Doch nichts Genaues." Sie lächelte entschuldigend. „Vielleicht halten Sie mich für überspannt, aber irgendwas geht hier vor, und das ist..." Verlegen hielt sie inne, dann fuhr sie fort: „...von Übel. Sicher hört sich das schrecklich dramatisch an, aber so ist es nun mal."

Beide sahen auf, als Mark Bourke an ihren Tisch trat. Er sah erschöpft und unrasiert aus. Carol stellte ihm Lizbeth Hamilton vor, er lächelte sie freundlich an, wobei er ein paar Nettigkeiten sagte. Wie immer bewunderte Carol seine lockere, fast kumpelhafte Art, mit Leuten umzugehen. Er hatte etwas Legeres, überhaupt nicht Bedrohliches an sich, daß vielen erst später die Augen aufgingen, welch scharfer Verstand und unerschütterliche Zähigkeit sich dahinter verbargen.

Lizbeth verabschiedete sich, und Bourke sank dankbar auf ihren Sitz. „Ich bin verdammt erledigt", sagte er. „Ich muß mich rasieren, duschen und ein paar Stunden aufs Ohr legen." Gähnend sah er sich im fast leeren Speisesaal um. Zufrieden, daß ihnen niemand zuhören konnte, fuhr er fort: „Das Spurensicherungsteam ist auf dem Rückweg nach Sydney mit ungefähr tausend Plastiktüten mit Material, darunter unzählige Papierschnipsel. Sie werden versuchen, ein paar Dokumente zu rekonstruieren, aber wenn es irgendwelche Aussagen in unserer Sache gegeben hat, können wir sie, glaube ich, vergessen."

„War die Bombe tatsächlich in dem Päckchen, das Griffin aufs Polizeirevier mitgebracht hat?"

„Sieht so aus. Wir bekommen noch einen formellen

Bericht, doch mit ziemlicher Sicherheit ist Plastiksprengstoff verwendet worden. Es bedurfte nur eines simplen Druckschalters, so daß die erste Person, die es öffnete, in die Luft flog."

Er unterdrückte ein weiteres Gähnen und fuhr fort: „Und vier Beamte sind eingetroffen. Zwei von ihnen, Rush und Millet, wurden uns für die Untersuchung zur Verfügung gestellt. Die beiden anderen übernehmen offiziell das Polizeirevier. Keine Sekunde zu früh. Das Fernsehen stürzt sich schon drauf. Als ich ging, rückte gerade die Vorhut vom *Shipley Report* an."

Er lächelte breit, als Beryl Bennett mit einer Teekanne erschien, über die sie eine purpurfarbene handgestrickte Teemütze gestülpt hatte, und mit einer Schale Toast. „Danke, Beryl. Sie haben mir das Leben gerettet!"

„Keine Ursache, mein Lieber." Sie strahlte ihn an und eilte hinaus.

„Beryl? Höre ich richtig?" amüsierte sich Carol. „So schnell?"

„Freundlich zu sein, kann nie schaden", erklärte Bourke. „Die Gaststube ist der gesellschaftliche Mittelpunkt dieser Stadt." Er biß heißhungrig in den Toast und seufzte glücklich. „Mein Ohnmachtshappen."

„Ich habe mit dem Polizeichef gesprochen", sagte Carol leise. „Er und die ASIO-Leute sind beide unserer Meinung, daß zwischen den Morden und dem Bombenanschlag ein Zusammenhang besteht, besonders in Hinblick auf den gelben Kreis, der in dem Brief war, den Griffin erhielt."

„Ich bin dem nachgegangen. Wir haben nicht die geringste Chance, diesen Brief zu lokalisieren. Der Müll geht direkt auf die Halde, wo die Maschinen den ganzen Tag mit der Beseitigung befaßt sind."

„Trotzdem müssen wir die Möglichkeit in Betracht ziehen, daß Griffins Tod mit einer anderen Sache zu tun hatte, die er untersuchte", sagte Carol. „Laß die beiden Männer, die uns zugeteilt sind, sämtliche Akten durchstöbern, die die Explosion überstanden haben, und Schritt für Schritt Griffins Tag rekonstruieren. Ich möchte wissen, wo er überall war und wen er alles gesehen hat, bevor er um fünf aufs Revier zurückkehrte. Sag den Männern, sie sollen unbedingt danach fragen, ob und wann ihn jemand mit einem Päckchen in braunem Packpapier gesehen hat."

„Halten wir weiterhin die Drogengeschichte aufrecht?"

„Auf jeden Fall. Ich werde mich bei meinem Zeitungsinterview heute nachmittag daran halten." Sie sah lächelnd in sein müdes Gesicht. „Und ich habe noch eine gute Nachricht für dich – ich habe Anne Newsome auf diesen Fall mitangesetzt, damit sie dir Arbeit abnimmt. Wenn sie eintrifft, sag ihr, sie soll die Lehrkräfte kontaktieren, die ich gestern notiert habe – mit Ausnahme von Gwen Pickard, um die kümmere ich mich selbst. Wenn nötig, kann Anne sie aus dem Unterricht holen. Sollte der Rektor sich beschweren, werde ich mit ihm reden."

„Apropos kontaktieren", sagte Bourke und griff nach der purpur bezogenen Teekanne, „ich habe eine sehr attraktive Dame gesichtet, als ich hereinkam. Mit der plaudere ich womöglich später ein bißchen."

Bei der Vorstellung, wie Bourke Denise Cleever Avancen machte, mußte Carol grinsen. „Trag nicht so dick auf, Mark. Es muß natürlich aussehen."

„Ich werde so natürlich agieren, daß sogar du überzeugt bist. Da wir gerade bei agieren sind, bist du sicher, daß Ken Kirk echt ist? Der Glückspilz hätte sich keinen besseren Zeitpunkt zum Pinkeln aussuchen können."

„Schon möglich, daß er etwas weiß. Am Tatort hatte er

einen Schock, und der schien mir nicht gespielt zu sein. Er stotterte etwas sehr Rätselhaftes: ‚Der Sergeant sagte, er weiß Bescheid...‘ Mehr war nicht aus ihm rauszuholen. Als ich ihn später im Krankenhaus fragte, geriet er völlig außer sich. Es scheint nicht nur das Trauma der Explosion zu sein, sondern mehr. Wenn du geschlafen hast, möchte ich, daß du versuchst, noch etwas aus ihm herauszubekommen. Wenn die Von-Mann-zu-Mann-Masche nicht zieht, setz ihn unter Druck – gehörig.“

„Kommissarin“, rief Beryl Bennett in der Tür. „Telefon für Sie. Wollen Sie das Gespräch am Empfang annehmen?“

„Bevor ich es vergesse“, sagte Bourke, während Carol ihren Stuhl zurückschob und aufstand. „Dieses Leck im Leichenschauhaus... Du hattest recht, es war tatsächlich die Medizinerin Jeanine Price.“

„War es ihre Idee? Ein bißchen Geld nebenher?“

„Sie ist nicht als erste drauf gekommen. Price sagt, jemand habe sie angerufen und gut bezahlt, damit sie die Medien informiert. Sie behauptet, nicht zu wissen, wer oder warum oder sonst etwas. Das Geld wurde pünktlich im neutralen Umschlag bei ihr zu Hause abgegeben. Weißt du, Carol, irgend jemand scheut keine Mühe, die größtmögliche Publicity zu erreichen.“

Carol überließ ihn seinem Toast und Tee und ging ins dämmrige Foyer, wo sie den Hörer auf dem Schalter liegen sah. Beryl Bennett stand über das Gästebuch gebeugt, aber Carol war sicher, daß sie zuhörte.

Die Stimme am anderen Ende der Leitung klang gedämpft, kultiviert, ein wenig amüsiert. „Kommissarin Ashton? Hier ist Elaine Cosil-Ross. Hätten Sie vielleicht die Zeit, mit mir und meinem Bruder hier bei uns zu Mittag zu speisen? Ich glaube, es könnte sein, daß wir den armen Sergeant Griffin als letzte lebend gesehen haben.“

Kaum hatte Carol aufgelegt, sagte Beryl offensichtlich beeindruckt: „Wußten Sie, daß die Cosil-Ross' die bedeutendste Familie im ganzen Bezirk ist? Seit Gründung dieser Stadt ist die Familie hier."

„Ich habe den Namen an der Halle der Schule bemerkt."

„O ja", sagte Beryl voller Hochachtung, „sie sind wirklich großzügig gewesen."

„Sind die Agars nicht auch eine alteingesessene Familie?" fragte Carol eher beiläufig.

Beryl lehnte sich bequem auf den Schalter, einem Schwätzchen nicht abgeneigt. „Kent ist unser Parlamentsabgeordneter und hat sein Bestes für uns getan. Mehr noch: Er hat nie seine Wurzeln vergessen, wenn Sie wissen, was ich meine. Im Gegensatz zu manchen anderen." Sie senkte vertraulich die Stimme. „Seine Frau paßt einfach nicht hierher. Nichts ist gut genug für Maggie Agar. Sie hat ihn dazu gebracht, das alte Haus abzureißen und einen monströsen weißen Klotz mit Tennisplatz und Schwimmbad hinzusetzen." Sie schnalzte verächtlich mit der Zunge. „Ein Schandfleck ist das."

Nach einer Pause, damit Carol das verdauen konnte, fügte sie bekümmert hinzu: „Nimmt es da Wunder, daß die Ehe kriselt?"

„Kriselt?" hakte Carol nach.

„Kent verbringt seit einer Weile die meiste Zeit in Sydney, auch wenn sitzungsfrei ist. Wenn Sie mich fragen, hat Maggie es einfach zu weit getrieben. Und wenn sie noch so harmlos daherkommt, geht man ihr besser aus dem Weg." Sie runzelte vielsagend die Stirn. „Sie wissen schon: Stille Wasser gründen tief... Diese Sorte."

Herb Bennett steckte seinen Kopf aus der Bartür. „Beryl..."

„Oje, meine Liebe, ich muß gehen."

Bourke saß bei seinem letzten Rest Tee, als Carol zurückkam. „Mark, nachdem du mit Kirk im Krankenhaus gesprochen hast, geh bitte zur Bäckerei, in der Dean Bayliss gearbeitet hat. Ich habe zwar mit dem Besitzer telefoniert, aber vielleicht bekommst du doch etwas mehr heraus. Und da Lizbeth Hamilton mir erzählt hat, daß Rick Turner am Freitagnachmittag mit Bucci zusammen war, könntest du versuchen, ihn anzurufen, und vielleicht für nachmittags einen Termin vereinbaren. Den knöpfen wir uns gemeinsam vor. Er arbeitet im Eisenwarengeschäft."

„Adieu, Schlaf", erwiderte Bourke resigniert und fuhr sich über die unrasierte Wange. Es klang wie ein Reibeisen. „Sprichst du heute morgen mit Agars Sohn?"

Carol blickte auf ihre Uhr. „Ja, in etwa einer halben Stunde. Danach unterhalte ich mich mit Ivy Smith, Buccis Zimmervermieterin. Und dann bin ich zum Lunch bei Elaine Cosil-Ross, worauf ich sehr gespannt bin, weil es den Anschein hat, als seien sie und ihr Bruder – von Kirk einmal abgesehen – die letzten gewesen, die Griffin lebend gesehen haben."

Bourkes Augenbrauen zuckten hoch. „Majestät lassen bitten? Vergiß bloß nicht, deine Knieschoner anzulegen."

10

Der weiße Ford, den Carol gemietet hatte, solange ihr Wagen zum Austausch der Windschutzscheibe in der Werkstatt war, stank schrecklich nach Kunstlederspray, das vermutlich den Zigarettengeruch übertünchen sollte. Obwohl es kühl und bedeckt war, kurbelte sie die Scheibe herunter, so daß ein Schwall kalter Luft hereindrang, während sie in die Straße einbog, die über den Boolworrie River nach Süden aus der Stadt führte.

Nach etwa drei Kilometern kam das protzige Haus der Agars in Sicht. Der dreigeschossige monströse Klotz entsprach durchaus Beryl Bennetts verächtlicher Beschreibung. Der Architekt hatte augenscheinlich den Auftrag erhalten, ein europäisches Miniaturschloß in die australische Landschaft zu setzen, sei es auf der Anhöhe über dem Katamulla Valley mit seiner herben Schönheit auch noch so deplaziert. Die Zinnen und Türmchen leuchteten in blendendem Weiß. Drei Fahnenstangen waren aufgepflanzt, an der einen wehte eine überdimensionale australische Flagge, an der zweiten der britische Union Jack, an der dritten eine Flagge mit ausladendem Wappen – das Agar'sche Familienwappen, mokierte sich Carol.

Kent Agars Frau hatte sie sich allerdings anders vorgestellt. Maggie war zierlich und hatte eine leise Stimme. Sie trug einen hellblauen Rock und einen weißen Pullover, der ihr schulterlanges braunes Haar und die leichte Bräune ihres eher nachdenklichen Gesichts betonte. Sie hielt Carol eine schlaffe Hand hin und führte sie durch eine weite Eingangshalle in ein Wohnzimmer neben einer großen Küche, von deren Decke Töpfe und Pfannen an langen schwarzen Haken herabhingen.

„Scott, dies ist Kommissarin Ashton. Sie möchte mit dir sprechen."

Barfuß und in abgerissenen Jeans und T-Shirt lungerte ihr Sohn auf einem gestreiften Sofa, umgeben von Schulbüchern und Papieren. Oben auf einem Bücherstapel stand ein Aschenbecher aus Metall, in dem eine halbgerauchte Zigarette qualmte, daneben eine offene Bierdose.

Widerwillig erhob sich Scott Agar und klopfte sich Asche von der Hose. Er war das Abbild seines Vaters, nur größer und gleichgültiger, mit ebenso schmalem Gesicht und spitzgewölbten Augenbrauen, doch das Haar war voll und sein Mund weicher und breiter. „Hallo, nehmen Sie irgendwo Platz", sagte er selbstsicher.

Maggie Agar räumte Carol einen Polsterstuhl frei, holte sich selbst einen hohen Hocker von der Küchenbar, so daß sie über Carol thronte. „Sie haben doch nichts dagegen, daß ich bleibe, Kommissarin?"

„Natürlich nicht. Es sind ja lediglich Routinefragen." Sie wandte sich freundlich an Scott: „Sie sind heute nicht in der Schule?"

„Ich lerne." Er setzte sich, nahm einen tiefen Zug aus seiner Zigarette und ließ sie lässig im Mundwinkel hängen. „Demnächst sind Prüfungen."

„Nimm die Zigarette aus dem Mund", sagte seine Mutter leise. Er sah rasch zu ihr auf, dann drückte er sie im Aschenbecher aus.

„Ich hab' Sergeant Griffin schon am Telefon gesagt, ich weiß nichts", erklärte er und verschränkte die Arme.

„Sie haben ihn gar nicht persönlich gesprochen?"

Maggie Agar antwortete für ihn: „Scott mußte lernen. Ich habe keinen Sinn darin gesehen, daß Griffin herkommt."

Carol fragte Scott: „Sie haben von der Explosion im Polizeirevier gehört?"

„Ja." Er beugte sich vor und trank einen Schluck Bier.

„Natürlich waren wir schockiert", ergriff Maggie erneut das Wort. „Daß es in Katamulla solche Gewalt geben kann, ist mir unfaßbar." Sie schüttelte langsam den Kopf, um deutlich zu machen, wie bedauerlich das alles war.

Das ist gespielt, dachte Carol. Sie holte ihr Notizbuch hervor und fragte nach den Namen der Freunde und Bekannten Deans. Scott seufzte unwillig, gehorchte aber nach Aufforderung seiner Mutter. Carol erkundigte sich nach den gemeinsamen Interessen und Aktivitäten von Dean und Scott, dann sagte sie: „Sein Leichnam wurde mit dem eines anderen Mannes gefunden, der auch in dieser Stadt gelebt hat." Sie drückte den beiden ein Foto des lächelnden Bucci in die Hand. „Erkennen Sie ihn?"

„Bedaure." Maggie Agar reichte Carol das Foto zurück. „Ich kenne den Mann nicht."

Scott betrachtete das Bild aufmerksam. „Weiß nicht", sagte er schließlich. „Vielleicht hab' ich ihn schon mal gesehen..."

„Er hieß Wayne Bucci."

„Dies ist eine Kleinstadt, Kommissarin", bemerkte Maggie Agar mit verbindlichem Lächeln. „Daß Scott den Mann auf der Straße gesehen hat, ist sehr gut möglich."

„Er wurde am Freitagnachmittag mit Rick Turner zusammen gesehen. Kennen Sie Mr. Turner?"

Scott Agar nickte. „Ja, ich kenne ihn – aber nicht gut." Seine Mutter ignorierte die Frage.

Carol zeigte die Abbildung des braunen Volvo-Kombi. „Und wie steht's mit diesem Wagentyp und dieser Farbe?"

„Im Bezirk gibt es viele Volvos", erklärte Maggie. „Vermutlich kennen Scott und ich einige, die so aussehen."

Carol sah Scott scharf an. Er warf seiner Mutter einen Blick zu und zuckte die Achseln. „Da klingelt bei mir nichts."

Nun reichte ihm Carol die Aufnahmen beider Seiten des Medaillons mit dem Heiligen Christophorus, das sie unter Deans Leichnam gefunden hatten. „Kommt Ihnen das bekannt vor?"

Seine Augen weiteten sich unfreiwillig. Hastig gab er Carol die Fotos zurück. „Hab' ich nie gesehen."

„Würden Sie sich die Bilder noch einmal ansehen. Vielleicht haben Sie jemanden gesehen, der es getragen hat."

Maggie Agar sprang auf die Füße. „Vielleicht kann ich Ihnen helfen." Sie betrachtete die Fotos eingehend, dann reichte sie sie zurück. „Tut mir leid."

Scott starrte seine Mutter an. „Mum...?"

„Geh wieder an deine Arbeit", sagte sie mit versteinertem Gesicht. „Ich glaube, das ist genug, Kommissarin. Scott muß noch soviel arbeiten. Wenn Sie noch Fragen haben, mein Mann wird am Wochenende hier sein."

Carol ließ sich bereitwillig hinausbegleiten. Scott Agar hatte mit Schrecken das Medaillon wiedererkannt, und nun wollte sie ihn etwas schmoren lassen, bevor sie ihn sich wieder vorknöpfte.

Auf ihrer Fahrt in die Stadt las sie noch einmal die Liste der Namen durch, die Scott ihr genannt hatte. Zwei davon fielen ihr ins Auge. Der erste war Eliot Donnovan, der Sohn des Mannes, der sich heute morgen selbst zum Frühstück mit ihr eingeladen hatte. Der zweite war Becca Hamilton, die Tochter der Zeitungsverlegerin. Scott hatte gesagt, sie sei die feste Freundin von Dean Bayliss gewesen, und Carol fragte sich, warum Lizbeth Hamilton ihr nichts davon gesagt hatte.

***

Die Aussage von Ivy Smith war äußerst unbefriedigend, das Kommen und Gehen ihres Mieters schien die kleine unsichere Frau völlig konfus gemacht zu haben. „Ich *glaube,* ich habe Wayne Freitagabend gesehen, wissen Sie, aber ich *könnte* mich irren... Warten Sie! Ich *bin* ihm an diesem Abend begegnet... Nein, das muß Donnerstag gewesen sein... Und eigentlich habe ich auch nicht bemerkt, daß Wayne am Wochenende nicht da war, weil ich, wissen Sie, da bei meiner Schwester in Harmerville war... Sicher, ich bin früh nach Hause gekommen, aber Wayne war ja oft nicht zu Hause, und ich hätte auch gar nicht *erwartet,* ihn zu sehen... Und ich glaube auch nicht, daß ich ihn gesehen habe..."

Carol glaubte kaum, daß selbst Bourke mit seiner Engelsgeduld mehr aus dieser abstrusen Geschichte herausholen konnte, deshalb bohrte sie nicht weiter, bedankte sich bei der verwirrten kleinen Frau und ging, um keinen Deut klüger, zu ihrem Wagen zurück.

Wie Elaine Cosil-Ross ihr beschrieben hatte, fuhr Carol aufs Land hinaus. Ein Wind trieb die hohen Wolken auseinander, der trübe Tag hellte sich auf, Sonnenstrahlen fielen über die Hügel. Nach einer etwa halbstündigen Fahrt über Landstraßen durch dichtes Buschland und grüne Weiden, auf denen sie Rinder erblickte, kam ein Elektrozaun in Sicht, und auf Schildern wurde gewarnt, daß er geladen war. Mittendrin sah Carol ein schwarzes schmiedeeisernes Tor, über dem in verschnörkelten Lettern THE GRANGE stand.

Dahinter wartete ein Landrover, eine Frau saß am Steuer, ein Mann lehnte an der Tür und rauchte Pfeife. Das mußte Stuart Cosil-Ross sein, der mit Rick Turners Schwester verheiratet war. Carol fand seinen Aufzug für dieses Treffen ziemlich formell: hellbraune Kaschmirhose und ebensolcher Pullover. Carols Ankunft trieb ihn aus seiner Ruhe. Er klopfte die Pfeife aus, ergriff die Automatik und betätigte den Toröffner, dann eilte er zu Carols Wagen.

„Meine Schwester und ich freuen uns, Sie zu sehen, Kommissarin", begrüßte er sie und gestikulierte zu dem

Geländewagen, aus dem die Frau ausgestiegen war. „Fahren Sie einfach durch und parken Sie dort auf der Seite. Wir nehmen Sie im Landrover mit. Die abschüssige Straße ist etwas unwegsam, besonders nach den gestrigen Regenfällen."

Carol parkte an dem angegebenen Platz, ergriff ihre Schultertasche und glitt aus dem Wagen. Das schwarze Eisentor schloß sich mit vernehmlichem Klicken, als sie ihre Autotür verriegelte. „Das ist eigentlich unnötig", sagte Elaine Cosil-Ross lächelnd. „Ihr Wagen ist hier sicher." Sie war ähnlich gekleidet wie ihr Bruder – in Rock und Pullover, die gediegenes Understatement bezeugten.

Ein paar frische Schlammspritzer waren der einzige Makel auf dem offensichtlich funkelnagelneuen Landrover. Elaine Cosil-Ross ließ Carol auf dem Beifahrersitz Platz nehmen und setzte sich ans Steuer. Stuart Cosil-Ross kletterte auf den Rücksitz. Er beugte sich zwischen den Sitzen vor und erklärte Carol: „Vorn sehen Sie besser. Wenn wir herunterkommen, haben Sie einen schönen Blick."

Daß Elaine und Stuart Cosil-Ross Geschwister waren, ließ sich kaum übersehen. Beide waren sehr schlank, hatten feines braunes Haar, eine arrogante Nase und große dunkle Augen, nur hatte Stuart weiche Linien um den Mund und eine entgegenkommende Art, während seine Schwester eher reserviert war. Carol glaubte nicht, daß es Scheuheit war, eher kühle Zurückhaltung.

Die Fahrt zum Haus dauerte mehr als fünfzehn Minuten. Die Straße, die mit losem Kies aufgeschüttet war, verlief eine Weile gerade, bevor sie steil abfiel. „Jetzt können Sie sehen, warum wir Sie abgeholt haben", sagte Stuart.

Allerdings. Die Straße war tief in das Hochland gekerbt und führte in Serpentinen durch unberührtes Buschland ins Tal hinunter. Es gab keine Leitplanke, und es war ziemlich abschüssig. An mehreren Stellen waren Geröll und Schlamm heruntergekommen, und Elaine war gezwungen, im Schrittempo jedes Hindernis zu umfahren. In der Nacht wäre Carol nicht gern hier gefahren, und das sagte sie auch.

„Kleinigkeit!" erwiderte Stuart. „Wenn man den Weg kennt und einen Allradantrieb hat, braucht man keine Angst zu haben, auch nicht im Finstern. Man muß nur aufpassen, daß man kein Känguruh oder Wombat überfährt – die kommen nachts raus."

Carol fiel der tote Umweltschützer, Neal Rudin, ein, von dem Denise ihr erzählt hatte, der den Cosil-Ross' vorgeworfen hatte, bedrohte Tiere nicht zu schützen. Sie sagte: „Ich habe gehört, Sie haben eine Koala-Kolonie auf Ihrem Land."

„Kolonie?" wiederholte Elaine Cosil-Ross verächtlich, während der Geländewagen über etliche Steine holperte. „Es gibt ein paar verstreute Koalas ringsum. Diese bescheidene Anzahl mit Kolonie zu bezeichnen, ist nicht ganz zutreffend."

Nun schnitten sie um eine Haarnadelkurve. „Sehen Sie nur!" rief Stuart und begann eine stolze Erläuterung seiner Heimstätte, als sie sich dem Tal näherten. Koppeln aus Holz umzäunten die üppigen Rinderweiden. Ein aufgestörter Kakaduschwarm flog kreischend über sie hinweg.

Im Tal wurde die Straße zur Pappelallee, die zu dieser Jahreszeit ziemlich kahl war; die Sonne kam heraus wie ein Scheinwerfer zur rechten Zeit, um das herrliche Anwesen und die Umgebung anzustrahlen. Obwohl in großem Maßstab angelegt, war es doch ein traditionelles Landhaus, unter funktionalen Gesichtspunkten gebaut, nicht ästhetischen. Es lag auf einem kleinen Hügel über einer sanft geschwungenen Reihe von Weidenbäumen, die einen Wasserlauf markierten, und paßte sich der Umgebung in einer Weise an, wie es eine Agar'sche Monstrosität niemals konnte. Es war aus heimischem Holz erbaut, hatte ein dunkelrotes Wellblechdach und eine große Veranda auf jeder Seite. Ein umzäunter Garten mit Steinplattenweg zierte die Vorderfront, aber Carol war sicher, daß – wie es ländlicher Brauch war – auch hier die Hintertür benutzt wurde.

Eine verwitterte Holzscheune mit rotem Dach, dem Haupthaus entsprechend, flankierte die eine Seite, ein Obstgarten dahinter erstreckte sich bis zum Fluß hinunter. Wie gerufen, kam eine weiße Gänseschar selbstbewußt heranmarschiert, als der Landrover auf dem Kies der Auffahrt anhielt.

„Wachgänse", erklärte Stuart mit breitem Grinsen. „Meine Idee – statt Wachhunde. Ich rate Ihnen, sich dicht an mich zu halten. Wenn sie merken, daß eine Fremde da ist, rennen sie laut zischend auf Sie zu. Die können ziemlich böse zwicken."

Er öffnete die Wagentür, reichte Carol die Hand, um ihr herauszuhelfen. Die Gänse waren relativ groß und schnell auf ihren schwimmhäutigen Füßen, die Perlenaugen starrten Carol aufmerksam an. Dann schlug der anführende Erpel mit den Flügeln, der Kopf fuhr nach vorn, und er zischte angriffslustig.

Elaine Cosil-Ross klatschte laut in die Hände, und der Erpel wich zurück. Dann stakste er davon, und die Gänseschar folgte ihm. Elaine schalt ihren Bruder: „Im Ernst, Stuart, ich glaube, es macht dir Spaß, unseren Besuch zu erschrecken." Sie lächelte Carol an. „Obwohl Kommissarin Ashton sich offenbar nicht ins Bockshorn jagen läßt."

Sie gingen, wie Carol vermutet hatte, durch die

Hintertür ins Haus, wobei sie einen großen Gemüsegarten durchquerten. Auf der hinteren Veranda neben der Küchentür stand eine Reihe von Gummistiefeln unterschiedlicher Größen, darüber hingen Mäntel an hölzernen Haken. In der Luft lag ein undefinierbarer, angenehmer Geruch, den Carol immer mit dem Land assoziierte – eine Mixtur an Düften: Es roch nach Tieren und Heu und reifendem Obst und nach fettem, fruchtbarem Boden.

Elaine öffnete die unverschlossene Tür, und sie betraten eine große luftige Küche. Die Geräte waren modern, aber der riesige Küchentisch aus massivem Holz war sehr alt und abgescheuert, und die Schränke an den Wänden waren originale Stücke mit antiken Beschlägen, und feine Drahtgitter ließen die Luft in den Regalen zirkulieren.

„Stuart, wenn du unserem Gast etwas zu trinken anbietest, kümmere ich mich ums Essen."

Offenbar war Stuarts Frau nicht anwesend. Carol fragte sich, wo Hannah Cosil-Ross sein mochte, während sie ihm ins Wohnzimmer folgte, das unübersehbar der Schrein der Cosil-Ross-Familie war. Hinter Glas hingen herrliche alte Taufkleidchen aus Spitze, Steinschloßpistolen und andere Erbstücke und Erinnerungen an die Vorfahren. Eine Wand war mit Fotos und Porträtgemälden dekoriert. Die markanten Cosil-Ross-Züge aus sämtlichen Epochen starrten Carol von den verblaßten Sepiabildern des neunzehnten Jahrhunderts bis zu den modernen Ölgemälden von Elaine und Stuart entgegen.

Statt Carol zu fragen, was sie trinken möchte, reichte er ihr ein Kristallglas mit trockenem Sherry. Er ergriff sein Glas und blickte sich stolz im Raum um. „Eine echte Familie, was?"

Eine gerahmte Karte des Grundbesitzes der Familie über dem Kamin zog ihre Aufmerksamkeit an. Stuart bemerkte es und erklärte: „Das ursprünglich zugewiesene Land, und wir haben noch heute fast die alten Grenzen. Im Gegensatz zu den meisten Grundbesitzern, die im Lauf der Jahre ihr Land parzelliert und verkauft haben. Unsere Familie ist schon früh zu Reichtum gekommen und hat ihn bewahrt."

Carol betrachtete aufmerksam die Karte. Der Grundbesitz war ein riesiges Oval, das von West nach Ost verlief und sich über das ganze Tal erstreckte. Mitten hindurch zog sich die blaue Linie des Flusses, die ständige Wasserversorgung des Landes. Tief im Tal war eine Stelle am Fluß dunkel schraffiert. „Was ist das?" fragte Carol.

Stuart warf einen Blick auf die Karte und lächelte zufrieden. „Ich habe von Reichtum gesprochen – da kommt er her. Die Hütten und Öfen der Arbeiter sind natürlich inzwischen verfallen, aber dort wurde der Kerosinschiefer, der in der Nähe abgebaut wurde, zerstampft und erhitzt und der Brennstoff daraus gewonnen. Mit der Elektrizität kam der Abbau zum Erliegen, aber bis dahin hatte die Familie Cosil-Ross ihren finanziellen Grundstock gelegt."

In Gedanken verglich Carol die Karte mit ihrer Landkarte vom ganzen Bezirk Katamulla. „Der Fluß, der durch Ihr Land fließt, ist ein Nebenfluß des Boolworrie, nicht wahr? Das heißt also, daß Ihre Grenze im Norden der Boolworrie Nationalpark ist."

„Sehr gut, Kommissarin! Wie ich sehe, haben Sie Ihre Hausaufgaben gemacht."

„Der Weg, den ich heute hierher gekommen bin, ist nicht auf dieser Karte verzeichnet."

„Nein, der wurde erst sehr viel später angelegt, als dieses Gebäude gebaut wurde – das war in den zwanziger Jahren." Er deutete auf ein verblichenes rotes Rechteck am westlichen Ende des Grundbesitzes. „Hier ist das erste Farmhaus und die alte Straße. Da die Zufahrt ebener ist, benutzen wir sie zum Transport von Vieh und Produkten, aber als Haupteingang ist sie viel zu weit entfernt."

Das Gelände schien ideal für paramilitärische Manöver und Kampfübungen, deshalb fragte Carol so harmlos wie möglich: „Benutzen Sie das Farmhaus noch?"

„Sicher. Die Landarbeiter und Saisonkräfte schlafen dort. Es ist nämlich sehr komfortabel – in Anbetracht dessen, daß es im vorigen Jahrhundert erbaut wurde."

Offenbar überzeugt, daß Carol von der Cosil-Ross-Familie ebenso fasziniert war wie er, holte Stuart zu einem epischen Vortrag über seine Vorfahren aus, doch Carol fiel ihm barsch ins Wort.

„Mr. Cosil-Ross, ich bin hier, weil es drei schreckliche Morde gegeben hat. Ihre Schwester sagte am Telefon, sie glaube, daß Sie beide Sergeant Griffin als letzte gesehen haben, ehe er zum Polizeirevier zurückgekehrt und umgebracht worden ist."

Stuart stellte sein Kristallglas behutsam auf einen Untersetzer. „Grausige Geschichte", sagte er. „Briefbombe, glaube ich."

„Warum war Sergeant Griffin hier?"

Stuart zuckte die Achseln. „Da müssen Sie Elaine fragen. Ich hatte damit nichts zu tun. Ich habe ihn nur oben am Tor gesehen, als er abfuhr." Er trank seinen Sherry aus und ging zur Tür. „Entschuldigen Sie, Elaine erwartet, daß ich den Tisch decke..."

Carol folgte ihm ins Eßzimmer, das mit schweren dunklen Möbeln vollgestellt war. Ehe sie eine weitere Frage stellen konnte, sagte Elaine Cosil-Ross in der Tür: „Setzen Sie sich doch, Kommissarin. Hoffentlich haben Sie nichts gegen schlichte Landkost."

Der erste Gang bestand aus Erbsensuppe mit Speck, dazu selbstgebackenes Krustenbrot. Während Stuart die Teller abräumte, erkundigte sich Carol: „Engagieren Sie sich in der Lokalpolitik?"

Elaine schaute sie überrascht an. „Natürlich. Ich war immer der Meinung, daß es wichtig ist, etwas für das Gemeinwesen zu tun."

„Ich glaube, Sie sind im Komitee für die Wiederwahl Kent Agars."

„Sie leitet es", erklärte Stuart stolz. „Wenn Sie mich fragen, verdankt er Elaine seine Stimmenmehrheit." Er lächelte seine Schwester nachsichtig an. „Sie hat ihn sogar dazu gebracht, dieses Wochenende bei der Bushranger-Festwoche eine Rede zu halten."

„Leider hat Kent abgesagt", entgegnete Elaine ziemlich frostig. „Aus irgendeinem Grund kann er nicht teilnehmen."

„Aber er ist der Hauptredner..."

„Wir müssen eben ohne ihn auskommen." Ihr Ton machte klar, daß das Thema damit erledigt war.

Als Hauptgang gab es Steak und Nierchen mit Kartoffelpüree. Beim Anblick der Portion auf ihrem Teller schwor sich Carol, am Abend etwas Leichtes zu essen und morgen früh zu joggen.

„Nun, Kommissarin", sagte Elaine Cosil-Ross steif. „Sie sind sehr geduldig gewesen, doch sicherlich wollen Sie jetzt wissen, was es mit dem gestrigen Besuch von Sergeant Griffin auf sich hat." Sie trank einen Schluck Wein. „Tatsache ist, daß ich ihn gebeten habe zu kommen, weil ich Beweismittel für ihn hatte."

„Für eine Straftat?"

„Sie können es so nennen. Bedauerlicherweise ist die Gegend von Vandalen heimgesucht – junge Leute, die sich einen Spaß draus machen, aufs Land zu fahren und auf Dosen und Ähnliches zu ballern." Ihr Mund nahm einen harten Zug an. „Ich bin für verantwortungsvollen Waffenbesitz, doch diese Rowdys werden eines Tages noch jemanden umbringen. Es macht ihnen offensichtlich großen Spaß, auf Straßenschilder, Überlandleitungen, ja selbst auf das Vieh auf der Weide zu schießen."

„Und Sie sind in der Lage, die jungen Leute zu identifizieren?" fragte Carol.

„Ich habe die Zwischenfälle notiert, die Autos und sie in zwei Fällen bei der Sachbeschädigung fotografiert. Das alles habe ich Sergeant Griffin übergeben und ihn gebeten, entsprechende Schritte zu unternehmen."

„Könnten Sie mir einige Namen nennen?"

Ihr Bruder kam ihr zuvor: „Hast du nicht gesagt, Bob Donnovans Sohn sei dabeigewesen, Elaine?"

Sie blickte ihn unwirsch an. „So etwas habe ich nicht gesagt. Ich habe Scott Agar erwähnt. Ich bin sicher, daß er einer der Anführer ist."

„Kent Agars Sohn?" Carol tat völlig überrascht. „Sie haben doch sicher seinen Vater davon in Kenntnis gesetzt?"

„Verstehen Sie, Kommissarin, das war eine ziemlich heikle Angelegenheit. Es war mir lieber, die ganze Sache Sergeant Griffin zu überlassen."

„Das Material, das Sie gesammelt haben, die Notizen und Fotos, waren sie in einem Umschlag, als Sie sie dem Sergeant übergeben haben, oder in einem Päckchen?"

Elaine brach in schallendes Lachen aus. „Kommissarin, jetzt sagen Sie bloß nicht, daß Sie mich verdächtigen, *ich* hätte Sergeant Griffin eine Briefbombe gegeben!"

11

Als Carol ins Hotel kam, vertrat ihr Beryl Bennett den Weg und flüsterte: „Kommissarin, Sie werden's nicht für möglich halten! Madeline Shipley wohnt bei uns!" Sie deutete auf das Gästebuch. „Sie ist vor einer halben Stunde eingetroffen."

Carol erklärte ihr ungerührt, daß Madeline eine Freundin sei, und erkundigte sich nach ihrer Zimmernummer.

„Ich hab' sie in Pink einquartiert. Die Treppe rauf bis ganz oben, dann links am Ende des Flurs. Nummer einundzwanzig. Es ist ein bißchen abgelegen, aber das war das beste, was wir tun konnten – so kurzfristig." Sie lächelte breit. „Aufgrund dieser Bombe und der Bushranger-Festwoche, die jetzt am Wochenende beginnt, sind wir ziemlich ausgebucht!"

„Ich erwarte eine meiner Mitarbeiterinnen –"

Beryl fiel ihr ins Wort: „Reizende junge Frau! Sie ist in Dreißig. Sie hat ihre Sachen ins Zimmer gebracht und ist mit Inspektor Bourke weggegangen."

Carol bedankte sich und ging nach oben zu Zimmer einundzwanzig. Auf ihr Klopfen kam keine Antwort, und so schrieb sie Madeline einen Zettel, ob sie sich zum Essen treffen könnten, und schob ihn unter der Tür durch.

Als sie herunterkam, stand Beryl noch immer am Tresen und gab erfreut Auskunft, wie sie zu Bob Donnovans Eisenwarengeschäft und zum *Katamulla Recorder* fände. „Sie können von hier zu Fuß gehen. Es ist nur um die Ecke. Sie können's gar nicht verfehlen – beides auf der gleichen Straßenseite."

Carol stützte einen Ellbogen auf den Tresen. „Stimmt es, daß Lizbeth Hamilton die Zeitung übernommen hat, als ihr Mann gestorben ist...?"

Beryl nahm es als Hinweis, daß Carol ein wenig plaudern wollte. „Das war eine schreckliche Sache", vertraute sie ihr an. „Er hat sich in seiner Garage erhängt. Lizbeth hat die Leiche entdeckt." Sie schüttelte den Kopf. „Er hatte eine Depression wegen finanzieller Probleme, habe ich gehört."

„Gibt es nicht auch eine Tochter?"

„Becca. Ihrer Mutter wie aus dem Gesicht geschnitten. Lizbeth möchte, daß sie sich bei der Zeitung engagiert, aber ich weiß nicht, ob das eine gute Idee ist."

Carol tat, als genieße sie den Klatsch. „Heute morgen habe ich Maggie Agar besucht, und sie deutete an, daß Becca mit Dean Bayliss gegangen sei."

„Ja, schon, aber ich weiß genau..." Beryl senkte vertraulich die Stimme, „... daß Lizbeth von Anfang an dagegen war. Sie fand, daß Dean für ihre Tochter nicht gut genug sei – ohne große Ambitionen, ein kleines Licht in einer kleinen Bäckerei. Offen gesagt, Lizbeth hatte Scott Agar für Becca ins Auge gefaßt."

„Was Dean betrifft, sind die Leute sehr unterschiedlicher Meinung. Was haben Sie von ihm gehalten?"

Beryl spitzte die Lippen. „Er war ein netter Junge, aber manchmal auch ganz schön wild, das ist gar keine Frage."

Bei Carols fragendem Blick fuhr sie ermuntert fort: „In jeder Stadt gibt es Rabauken, wissen Sie, und in Katamulla natürlich auch. Dean war okay – er hat hart gearbeitet, das muß man ihm lassen –, aber er ließ sich sehr leicht beeinflussen."

„Von irgendwem ganz besonders?"

Beryl sträubte sich einen Moment lang, dann sagte sie zögernd: „Naja, Bob Donnovan ist zwar für Katamulla eine echte Bereicherung, doch von seinem Sohn Eliot kann man das nicht behaupten. Wenn es irgendwo Ärger gibt, ist er garantiert dabei."

„Heute morgen habe ich einen Namen gehört", sagte Carol so naiv wie möglich. „Rick Turner. Kennen Sie ihn?"

„Ich kenne Rick. An ihm ist nicht viel dran, obwohl man's nicht glaubt, wenn man ihn reden hört. Er ist Ende zwanzig, und trotzdem macht er mit den Jungs rum, die sehr viel jünger sind als er – Dean gehörte dazu. Da hat er wohl das Gefühl, er sei der Größte, nehme ich an."

„Ist seine Schwester nicht mit Stuart Cosil-Ross verheiratet?"

„Im Moment schon." Beryls betrübte Miene sagte Carol, daß sie noch mehr in petto hatte.

Carol fuhr fort: „Beim Lunch heute mittag – da war sie nicht zu Hause. Ich hab' mich gewundert..."

„Offen gesagt, ich hab' nie geglaubt, daß das funktionieren würde. Ich meine, Elaine war darüber ganz und gar nicht erbaut, und sie hat ihren Bruder immer an der Kandarre gehabt. Und Hannah – ich hab' ja nichts gegen sie persönlich, wissen Sie –, sie paßt nun mal überhaupt nicht zu den Cosil-Ross'. Es war nur eine Frage der Zeit."

„Sie haben sich also erst kürzlich getrennt?"

„Erst letzte Woche, hab' ich gehört."

Sie schwatzten noch ein paar Minuten weiter, aber es war klar, daß Beryl nichts Genaues wußte, deshalb zog sich Carol heraus und machte sich auf den Weg zu Bob Donnovans Geschäft.

Die Vorbereitungen für die Bushranger-Festwoche, die am Samstag mit einer Parade beginnen sollte, waren in vollem Gang. Soeben wurden bunte Girlanden über die Hauptstraße gespannt und überall Absperrgitter verteilt, um den erwarteten Zuschauerandrang zurückzuhalten. Ein Fernsehteam drehte die Aktivitäten mit, was Carol ein gequältes Lächeln entlockte. Sie hatte das Gefühl, daß die Morde und dann noch der Bombenanschlag mehr Werbung für die Festwoche machten, als es je einer Public-Relations-Kampagne gelänge.

Bob Donnovan schien ein florierendes Geschäft zu betreiben. Der Parkplatz stand voller Personenwagen und Transporter, Kunden schlenderten durch die Regalreihen und an den Baumaterialien entlang. Donnovan selbst stand an der Kasse der Installationsabteilung. „Kommissarin! Ich bin gleich bei Ihnen, nur eine Minute."

Carol betrachtete müßig die Klempnerartikel und merkte, daß ihr neugierige Blicke folgten. Sie zweifelte nicht daran, daß jeder ihrer Schritte in Katamulla allgemein bekannt war. Manche Leute starrten sie offen an, aber die meisten spähten nur aus den Augenwinkeln.

Zum Auftakt ihrer Anwesenheit in Katamulla war die Bombe explodiert, und jetzt schnüffelte sie überall herum und stellte Fragen, und die abgeschottete Kleinstadt geriet ins Rampenlicht. Dies war erst der Anfang der Heimsuchung Katamullas. Sobald der Ort im Mittelpunkt des Medieninteresses stand, würde jeder Stein umgedreht, jedes Geheimnis preisgegeben, jede Privatsphäre verletzt werden.

„Nun, was kann ich für Sie tun?" fragte Bob Donnovan und wirkte genauso herzlich und offen wie beim Frühstück, auch wenn sein Hemdkragen mittlerweile etwas schlaff und sein bunter Schlips gelockert worden war.

„Können wir uns irgendwo ungestört unterhalten?"

Das beunruhigte ihn sofort. „Ist etwas passiert?" Er

blickte um sich. „Hinten gibt's eine Teeküche. Wenn Ihnen das recht ist."

Er führte sie an einem mit Glas abgeteilten Büro entlang, in dem zwei Frauen vor den Computern saßen. „So läuft der Laden", sagte er und deutete hinüber. „Wir sind Online – auf dem neuesten Stand. Man muß in diesem Gewerbe der Konkurrenz immer einen Schritt voraus sein."

Die Teeküche war ganz das Gegenteil zu dem piekfeinen Computerbüro. Es war ein enger, vollgestopfter Raum mit einer silbernen Teemaschine, die vor sich hin dampfte, und in einer schmalen Spüle stapelte sich schmutziges Geschirr.

„Nehmen Sie Platz, Kommissarin." Donnovan räumte eine Ladung Farbkataloge vom Stuhl. „Also, was ist das Problem?"

Carol wartete, bis er sich ihr gegenüber gesetzt hatte. „Ich wüßte gern", sagte sie, „was Sie gestern nachmittag, als Sie Sergeant Griffin gesehen haben, da draußen beim Grundstück der Cosil-Ross' zu tun hatten."

„Zu tun? Ich verstehe nicht recht."

„Ich war heute dort und habe festgestellt, daß es weit und breit keine Hauptstraße gibt. Genau gesagt, ist es eher vollkommen abgelegen. Wie mir scheint, gibt es überhaupt keinen Grund, diesen Weg zu fahren, es sei denn zum *Grange*."

Donnovan fuhr sich mit den Fingern durch das dunkle Haar. Sichtlich betreten schwieg er einen Moment, dann sagte er: „Zum Boolworrie Nationalpark geht es dort lang."

„Sie haben den Park besucht?" Carol machte aus ihrer Skepsis kein Hehl. „An einem Mittwoch am Nachmittag?"

Er fingerte an seiner Krawatte herum und straffte den

Knoten. „In diesem Gewerbe herrscht enormer Druck, wissen Sie", sagte er und brach in ein falsches Lächeln aus, „da muß ich manchmal einfach ausspannen, und dann fahre ich eben los – spontan, ohne große Ankündigung. Und so war es auch gestern."

„Haben Sie angehalten und mit Griffin gesprochen?"

„Nein, ihm nur zugewinkt, als ich am Tor vorbeifuhr."

„War er allein?"

Donnovan hatte es offenbar eilig, die Befragung hinter sich zu bringen. Er rutschte auf der Stuhlkante herum und blickte demonstrativ auf seine Uhr. „Stuart war da, glaube ich", antwortete er hastig. „Ich muß wirklich zurück..."

„Ihr Sohn kannte Dean Bayliss."

Das dämpfte ihn sichtlich, und er sank in seinen Stuhl zurück. „Was hat das mit Eliot zu tun?"

„Ich möchte mich mit ihm unterhalten, Mr. Donnovan."

„Er weiß nichts, was Ihnen weiterhelfen könnte."

„Reine Routinefragen", erklärte Carol automatisch mit besänftigendem Lächeln. „Nur um uns ein Bild zu machen. Wir sprechen mit allen, die Bayliss gekannt haben. Nur deshalb steht Ihr Sohn auf meiner Liste."

Er nickte zögernd, beruhigt. „Wir stehen Ihnen natürlich zur Verfügung, aber er ist zur Zeit in der Schule. Morgen vielleicht?"

„Ich möchte es lieber bald hinter mich bringen. Dann ist es erledigt. Wenn Sie erlauben, würde ich gern heute nachmittag mit ihm sprechen."

Carols Hartnäckigkeit irritierte ihn merklich, doch widerwillig sagte er ja. Als sie ihn nach dem Medaillon und dem Volvo-Kombi fragte, schüttelte er nur ungeduldig den Kopf. „Nie gesehen."

Sie stand auf und folgte ihm in den Laden. „Kannten Sie Wayne Bucci?" fragte sie beiläufig.

„Wen? Ach, den anderen Mann, der ermordet wurde... Nein, soweit ich weiß, bin ich ihm nie begegnet."

„Vielleicht haben Sie ihn mal im Pub getroffen."

Donnovans Jovialität kehrte zurück. Er winkte einem Kunden zu: „Hallo, Ron – komme sofort, einen Moment." Und zu Carol: „War nett, Sie zu sehen, Kommissarin."

Einen Augenblick lang traute Carol ihren Ohren nicht.

Dann schlenderte sie zum *Recorder,* genoß unterwegs die frische Luft und den gemächlichen Verkehr, daß Autos tatsächlich noch für Fußgänger anhielten, statt sie über den Haufen fahren zu wollen wie in Sydney.

Lizbeth Hamilton war nicht da, aber ihre Tochter. Sie blickte auf, als Carol eine Seite der doppelflügligen Tür öffnete, auf deren Glas kupferne Türdrücker und ein Schild *Katamulla Recorder* geschraubt waren.

Carol stellte sich vor. „Und Sie müssen Becca sein. Ihre Mutter hat mir erzählt, Sie sind Fotografin."

Das Mädchen nickte argwöhnisch. Sie war, wie Beryl Bennett gesagt hatte, ihrer Mutter wie aus dem Gesicht geschnitten. Ihr glänzendes rotbraunes Haar war kürzer und sie selbst etwas größer, aber sie hatte ebenso blaue Augen und die gleiche klare Gesichtsform.

Doch im Gegensatz zu ihrer energiegeladenen Mutter wirkte sie lustlos und blaß, und als sie den Mund aufmachte, klang sie ziemlich monoton. „Mum ist nicht da. Sie kommt sicher bald zurück, wenn Sie warten wollen."

„Vielleicht könnte ich in der Zwischenzeit die Ausgabe vom letzten Sonnabend sehen?"

Becca deutete auf ein paar Zeitungen, die in Holzstöcke gespannt waren und auf einem Tisch am Eingang auslagen. „Dort drüben, bitte."

Die Redaktion des *Recorders* entsprach nicht gerade Carols Vorstellungen. Sie hatte einen Raum mit alter

Druckerpresse und Höllenlärm erwartet, statt dessen war er äußerst modern ausgestattet, wobei die ursprüngliche Einrichtung – wie der Schalter aus Eiche, der sich über die ganze Breite zog – erhalten und sorgfältig restauriert worden war. Sie fragte sich, ob die Lebensversicherung des Mannes von Lizbeth Hamilton ihr die Mittel zur Modernisierung beschert hatte.

Carol durchsuchte die älteren Ausgaben, bis sie die richtige fand, und breitete sie vor Becca auf dem Schalter aus. „Rick Turner hat letzten Samstag eine Anzeige aufgegeben. Sie wissen nicht zufällig, welche das war?"

„Doch." Becca blätterte einige Seiten um und zeigte auf ein Inserat oben in der ersten Spalte. „Das ist sie. Rick setzt sie alle paar Wochen hinein."

SPASS AN KRIEGSSPIELEN stand dort in schlichtem Halbkreislogo. Der Text lautete: *Aufregende Herausforderung. Testen Sie sich in ungefährlichen Kampfsituationen. Komplette Ausrüstung vorhanden.* Und dann folgten Preise für das Bereitstellen der Ausrüstung sowie Orts- und Zeitangabe – Sonntag, acht Uhr.

„Wo ist das?" erkundigte sich Carol und zeigte auf den Treffpunkt.

„Hinter Ricks Haus." Becca stieß die Zeitung weg. „So was Idiotisches", erklärte sie mit einer ersten Gefühlsaufwallung. „Sie fahren in den Busch und spielen blöde Spiele mit Waffen in Tarnfarbe." Sie verzog verächtlich das Gesicht. „Deppen!" fügte sie bissig hinzu.

„War Dean Bayliss an diesen Kriegsspielen beteiligt?"

Becca schwieg. „Ich weiß nicht, was Sie meinen", sagte sie schließlich.

„Er war doch Ihr Freund, oder? Jedenfalls hat man mir das gesagt. Ich dachte, Sie wüßten, wer seine Freunde waren und was er in seiner Freizeit gemacht hat..."

Das Gesicht des Mädchens bekam etwas Verknittertes. „Wir wollten letzten Samstag ausgehen", sagte sie und weinte. „Am Freitag, als wir uns getroffen haben, hat er es mir versprochen, aber ich habe ihn nicht wiedergesehen."

„Wann haben Sie ihn Freitag getroffen?"

Becca fischte ein Taschentuch aus ihrer Jeans. Sie wischte sich die Augen und sagte: „Ich weiß nicht... So gegen sechs. Ich traf ihn im Imperial, und er sagte, er würde Rick Samstag bei den Vorbereitungen für die Kriegsspiele am Sonntag helfen, aber er würde auf jeden Fall rechtzeitig zurückkommen."

„Was haben Sie gemacht, als Dean nicht erschien?"

„Ich habe bei Rick zu Hause angerufen, seine Schwester hat gesagt, daß Dean und die anderen grillen wollten und ich das Ausgehen lieber vergessen sollte." Wieder traten ihr Tränen in die Augen. „Er hat versprochen..."

„Ricks Schwester war dort?"

„Ich glaube..." Ihr Schluchzer klang wie ein Schluckauf; sie durchsuchte ihre Taschen nach einem weiteren Taschentuch und schnaubte sich die Nase.

„Wissen Sie, wer noch beim Grillen dabeigewesen ist?" fragte Carol.

Becca zuckte die Achseln. „Die Jungs, mit denen er sonst herumhing." Dann fügte sie geistesgegenwärtig hinzu: „Ich hab' nicht gefragt, weil er mich gerade sitzengelassen hatte."

Carol zog ihr Notizbuch heraus und las Becca die Namen vor, die Scott ihr genannt hatte. Becca nickte. „Kann sein, daß sie alle da waren. Sie haben ja ständig zusammengehangen."

„Ist Scott vielleicht auch dabeigewesen?"

„Vielleicht. Warum fragen Sie ihn nicht selbst?" Sie klang fast arrogant.

Lizbeth Hamilton kam durch die Tür gewirbelt. „Oh, prima! Sie sind hier, Kommissarin." Ungehalten sah sie ihre Tochter an. „Hast du Kommissarin Ashton keinen Tee angeboten?"

Als Carol dankend ablehnte, erklärte Lizbeth, sie könne jetzt aber einen Tee gebrauchen, und schickte ihre Tochter ins Hinterzimmer, um Wasser zu kochen.

„Ich habe nicht gewußt, daß Dean Bayliss der Freund Ihrer Tochter war", sagte Carol.

„Freund ist wohl zuviel gesagt – sie kannten sich." Lizbeth öffnete eine Klappe im Schalter und führte Carol hindurch. „Ehrlich gesagt, ich habe nicht geglaubt, daß viel aus ihm wird, deshalb habe ich Becca ausgeredet, sich mit ihm einzulassen."

Carol folgte Lizbeth in ihr Büro, das eher ein vom Redaktionsraum abgeteiltes Kabuff war, und fragte: „Und sie hat auf Sie gehört?" Ihr Ton war völlig unverfänglich. „Junge Leute sind dafür ja nicht gerade berühmt."

Lizbeth blickte sie ernst an. „Becca weiß, daß ich nur das Beste für sie will. Deshalb tut sie, was ich sage."

Sie stellte ein kleines Aufnahmegerät auf den Tisch und fragte: „Haben Sie etwas dagegen, wenn ich unser Interview für die Zeitung aufnehme? Dann geht es sehr viel schneller."

Das Telefon auf ihrem Schreibtisch klingelte, Lizbeth entschuldigte sich und nahm ab. „Für Sie, Kommissarin."

Bourke kam sofort zur Sache: „Rick Turner ist verschwunden. Er ist am Montag nicht zur Arbeit erschienen. Seit Samstag hat ihn niemand mehr gesehen. Und noch einer ist abgängig. Ich konnte Ken Kirk bisher nicht finden. Ich habe die Fahndung nach Turner rausgehen lassen, und jemand forscht gerade bei Kirks Freunden nach."

12

Carol holte ihren Wagen am Hotel ab und fuhr direkt zur Highschool. Eine redselige Frau, die sich als Wendy vorstellte, brachte sie zum Büro des Rektors. Die Tür war geschlossen. Wendy zeigte auf einen Stuhl und sagte: „Er hat gerade einen Schüler bei sich, Kommissarin – der kleine Nichtsnutz hat einen Klassenkameraden mit dem Kopf in die Toilette gesteckt und dann gezogen. Ich habe Mr. Webb gesagt, daß Sie hier sind, es kann sich nur um Minuten handeln."

Carol dankte ihr herzlich und fragte dann: „Arbeiten Sie schon lange an dieser Schule?"

„Ziemlich. Im Dezember sind es elf Jahre."

„Dann kannten Sie vermutlich Dean Bayliss?"

Wendy setzte eine ernste Miene auf. „Der arme Dean. So etwas dürfte niemandem passieren, aber ihm schon gar nicht. Ich kannte ihn von der ersten Klasse an, als er noch ein kleiner Junge war. Kein Anführer, eher ein Mitläufer, aber ganz und gar ungefährlich."

Liebenswürdig sagte Carol: „Wir suchen noch immer nach einem Motiv, deshalb sprechen wir mit all seinen Freunden." Sie zog ihr Notizbuch heraus. „Würden Sie bitte einen Blick auf diese Liste werfen? Vielleicht fällt Ihnen ja noch jemand ein."

Wendy sah sich die Namen genau an. „Caitlin, die Tochter des Rektors, sollte auf der Liste sein. Bis vor kurzem ging sie mit Dean."

Die Tür zum Rektorzimmer öffnete sich, und ein kleiner Junge mit drahtigem Körper und Engelsgesicht kam heraus. Webb folgte ihm und sagte zu seinem Hinterkopf: „Die nächsten zwei Wochen wirst du nachmittags nachsitzen, und dann sprechen wir uns wieder."

Der Junge schob die Unterlippe vor, steckte die Hände in die Hosentaschen und schlenderte den Flur hinunter.

Webb trug denselben schlechtsitzenden blauen Anzug wie am Tag zuvor. „Kommen Sie herein, Kommissarin. Es tut mir leid, daß ich Sie warten lassen mußte."

Zwar verzog er keine Miene, aber ihr Wunsch, Eliot Donnovan zu sprechen, gefiel ihm sichtlich nicht. „Ich würde Eliot nur ungern aus dem Unterricht holen. Es ist sein Abschlußjahr, und jede Stunde ist wichtig."

„Ich habe die Zustimmung seines Vaters, aber wenn Sie wollen, können Sie ihn ja anrufen."

Webb tippte die Spitzen seiner Wurstfinger gegeneinander. „Sehr gut." Er griff nach dem Telefon. „Ich lasse ihn aus der Klasse holen und hierherbringen. Wenn Sie möchten, können Sie mein Büro benutzen."

Als er den Hörer auflegte, sagte Carol: „Ihre Tochter Caitlin war, glaube ich, eng mit Dean befreundet. Es überrascht mich ein bißchen, daß Sie das gestern nicht erwähnt haben."

Webb wiegte den Kopf hin und her, als hätte er plötzlich einen steifen Hals bekommen. „Ich habe es nicht erwähnt, weil, ehrlich gesagt, Caitlin Ihnen nichts zu sagen hat und ich nicht möchte, daß sie beunruhigt wird."

Mit liebenswürdiger Hartnäckigkeit erklärte Carol: „Ich würde sehr gern mit Caitlin sprechen, ebenso wie mit Eliot. Können Sie das bitte veranlassen?"

„Es tut mir leid, aber das ist nicht möglich. Meine Tochter ist heute nicht in der Schule. Sie ist unpäßlich."

„Vielleicht könnte ich heute abend zu Ihnen nach Hause kommen?"

Webb holte tief Luft. „Ich fürchte, sie ist zu krank, um irgend jemanden zu sehen. Ich gebe Ihnen Bescheid, sobald sie sich besser fühlt."

Er schien sehr erleichtert, als es an die Tür klopfte. Schnell stand er auf und sagte: „Das wird Eliot sein. Ich lasse Sie beide allein."

Eliot Donnovan stolzierte ins Büro und setzte sich mit weit gespreizten Beinen Carol gegenüber. Er war groß und breitschultrig, mit rosigem Teint und einem weichen Mund. Sein dunkles Haar fiel ihm in die Augen, und er strich es mit einer Handbewegung zurück. „Was wollen Sie von mir?" fragte er.

Carol sah ihn einen langen Augenblick an, dann nahm sie ihr Notizbuch und tat, als sähe sie etwas nach. „Wir haben die Information, daß Sie kürzlich an Vandalismus auf oder nahe dem Cosil-Ross-Besitz beteiligt waren."

„Was?" Überrumpelt schwand für einen Moment seine großspurige Selbstsicherheit. Dann fing er sich wieder und fragte angriffslustig: „Wer hat das behauptet? Es ist nicht wahr."

„Nach unserem Bericht waren Sie in Begleitung von Scott Agar."

Er richtete sich auf. „Das behauptet Scott?"

Carol setzte eine Miene höflicher Neugier auf. „Sie bestreiten es also?"

„Selbstverständlich bestreite ich es. Es ist eine Lüge."

Carol sah ihn zweifelnd an. „Als ich Scott heute morgen über den Mord an Dean Bayliss befragte..." Sie führte den Satz nicht zu Ende und wartete auf seine Antwort.

Seine bisherige Arroganz hatte sich in wütende Bestürzung verwandelt. „Was hat Scott über mich gesagt?"

Carol zog wieder ihr Notizbuch zu Rate. „Es tut mir leid, aber ich darf Einzelheiten der Aussage nicht weitergeben."

„Bayliss war's", sagte Eliot. „Nicht ich. Scott nahm Bayliss mit, als sie den Platz zusammenschossen."

„Wirklich? Sind Sie ganz sicher?"

Eliot sah sie finster an. „Ich bin sicher."

Carol reichte ihm das Foto des Medaillons. „Erkennen Sie das wieder?"

Er drehte es zwischen den Fingern. „Hat er es Ihnen nicht gesagt?" fragte er verächtlich. „Das hat Scott gehört. Er hat es seiner Freundin Becca Hamilton geschenkt."

***

Bourke bremste, um einen Traktor die unbefestigte Straße überqueren und durch das offene Tor auf eine durchwühlte Pferdekoppel fahren zu lassen. Es war spät am Nachmittag, lange Schatten warfen Zebrastreifen auf die Straße. „Wann wirst du noch einmal mit der kleinen Hamilton sprechen?"

„Ich habe Anne gebeten, sich mit ihr zu unterhalten", antwortete Carol.

„Sozusagen eine offene Aussprache unter jungen Frauen?" Bourke grinste.

„Sobald wir zurück sind, kannst du die männliche Version an Scott Agar ausprobieren. Eliot Donnovan hat ihn bestimmt schon angerufen und ihm händereibend gesteckt, daß wir über das Medaillon Bescheid wissen. Es wird spannend sein, welchen Weg er einschlägt – die Wahrheit oder weitere Lügen."

Der Traktor war endlich aus dem Weg geholpert, und Bourke gab vorsichtig Gas. „Rick Turners Schwester wird nicht gerade erbaut sein, mich wiederzusehen." Und spöttisch fügte er hinzu: „Ich würde sagen, im Moment hat sie alle Männer auf dem Kieker. Die Hölle wird losbrechen, wenn sie sich mit Stuart Cosil-Ross über den Besitz einigen will."

„Darauf würde ich wetten." Carol stellte sich Elaines unnachgiebige Haltung vor. „Besonders wenn das geheiligte Cosil-Ross-Land betroffen ist."

Bald würde sie Stuarts Vermögenslage kennen. Davon ausgehend, daß ASIO die Kontakte und die Macht hatte, leichter an Finanzauskünfte zu kommen als die Polizei, hatte Carol Anne Newsome beauftragt, mit Denise Cleever verdeckten Kontakt aufzunehmen und eilig Informationen über Elaine und Stuart Cosil-Ross sowie Lizbeth Hamilton und Kent und Maggie Agar einzuholen.

„Die Information über den Volvo-Kombi habe ich nach Sydney weitergeleitet", sagte Bourke. Als er an diesem Morgen Rick Turners Schwester befragt hatte, war sie extrem unkooperativ gewesen, obwohl sie erklärt hatte, der braune Volvo sähe aus wie ein Fahrzeug mit Nummernschildern aus Queensland, das einem unbekannten Mann gehörte, der in der vergangenen Woche vorbeigeschaut hatte, um ihren Bruder zu sprechen.

An einem primitiv gemalten, an einen Eukalyptusbaum genagelten Schild, das das Gelände als den Besitz der Turners auswies, bog Bourke von der Straße ab. Ein metallenes Viehgitter vibrierte unter den Rädern, dann holperten sie einen morastigen Zufahrtsweg entlang. „Warte nur, bis du das Haus siehst", sagte Bourke und versuchte, den tiefsten Furchen auszuweichen. Sie fuhren etwa zehn Minuten, dann kam das Farmhaus in Sicht.

Es war ein schäbiges kleines Gebäude, ungestrichen und mit einem verrosteten Wellblechdach. Mehrere baufällige Schuppen, die kurz vor dem Einsturz waren, vervollständigten das deprimierende Bild. Ein Hund an einer schweren Kette bellte wild.

Bourke parkte vor dem Eingang, wo es am wenigsten matschig war, und sie stiegen aus. Den Pfützen ausweichend, gingen sie zu den ausgetretenen hölzernen Stufen, deren unterste sich beunruhigend nach einer Seite senkte. „Hier also lebt die bezaubernde Hannah", flüsterte Bourke Carol zu. „Laß dich von ihrer reizenden Art nicht täuschen."

„Warum sind Sie wiedergekommen?" Eine Frau Anfang Dreißig stand, die Hände in die Hüften gestemmt, auf der schmalen Veranda. Ihr hautenges pinkfarbenes Oberteil, die enge weiße Jeans und die schwarzen hochhackigen Stiefel wirkten in der schäbigen, verwahrlosten Umgebung eindeutig fehl am Platz.

Sichtlich unbeeindruckt von ihrem gehässigen Blick lächelte Bourke sie gewinnend an. „Kommissarin Ashton möchte Ihnen ein paar Fragen stellen."

„Was ich zu sagen habe, habe ich bereits gesagt."

Carol war bereit, es mit Höflichkeit zu versuchen. „Ms. Cosil-Ross –"

„*Den* Namen habe ich abgelegt", unterbrach sie bissig. „Ich bin Hannah Turner."

„Ms. Turner... Wir möchten dringend mit Ihrem Bruder sprechen und sind sehr besorgt, daß er offenbar verschwunden ist."

Carols milder Ansatz wurde mit einem drohend finsteren Blick beantwortet. „Ich kenne meine Rechte. Ich muß mit Ihnen nicht sprechen. Also verschwinden Sie vom Grundstück, zum Teufel."

Bourke sagte bestimmt: „Ihrem Bruder könnte etwas passiert sein. So helfen Sie ihm nicht."

„Etwas passiert?" fragte Hannah Turner mißtrauisch. „Wahrscheinlich bedroht ihn jemand, und er versteckt sich. So wird es sein."

Als Carol schnell die Stufen hochstieg, wich Hannah unwillkürlich einen Schritt zurück. Sie fest ansehend, sagte Carol langsam und deutlich: „Ich untersuche drei Morde. Gestern wurde Ihr Sergeant durch eine Briefbombe in Stücke gerissen."

„Hat nichts mit mir zu tun."

Als hätte Hannah nichts gesagt, fuhr Carol fort: „Es gibt genügend Hinweise, daß Ihr Bruder in diese Morde verwickelt ist, und wenn das stimmt, könnten Sie eine Komplizin sein. Vielleicht ist Ihnen bekannt, daß das Gesetz Komplizen für gleichermaßen schuldig an einem Verbrehen betrachtet."

„Ich muß mit Ihnen nicht sprechen", wiederholte Hannah, aber es klang nicht mehr so sicher.

Carol schüttelte bedauernd den Kopf. „Ich würde Sie ungern wegen Behinderung der Ermittlungen festnehmen, aber wenn es nötig ist, werde ich es tun."

Der rosa Pullover hob sich in einem ungeduldigen Seufzer. „Ach, so ist das. Dann kommen Sie herein."

Sie ging ihnen voraus in die enge Küche, die zwar heruntergekommen, aber absolut sauber war. Sie warf sich auf einen Stuhl und bedeutete ihnen ungnädig, sich zu setzen. „Machen Sie schon. Ich hab' meine Zeit nicht gestohlen." Angewidert grunzte sie, als Bourke sein Notizbuch herausholte. „Pure Zeitverschwendung."

„Sie haben Inspektor Bourke heute morgen gesagt, daß Sie Dean Bayliss am Samstag gesehen haben."

„Er war fast den ganzen Tag hier, um Rick zu helfen." Sie verdrehte die Augen. „Genaugenommen haben sie die meiste Zeit Bier getrunken."

„Wann haben Sie Dean zuletzt gesehen?"

Hannah warf Carol einen gequälten Blick zu. „Das alles bin ich mit ihm bereits durchgegangen." Sie sah Bourke an. „Ich habe gesagt, daß ich absolut nichts weiß."

Carol wartete, bis Hannahs Aufmerksamkeit wieder zu ihr zurückgekehrt war, und sagte dann: „Als Becca Hamilton Samstagabend anrief, haben Sie ihr gesagt, Dean und seine Freunde würden grillen. War das gelogen?"

Hannah zuckte die Achseln. „Rick und Dean verschwanden am späten Nachmittag. Sagten nicht, wohin sie wollten, aber ich dachte, sie treffen sich mit Freunden. Als Deans Freundin anrief, wollte ich sie bloß loswerden. Sie heulte, und ich habe nicht die geringste Lust, mir den Liebeskummer von Teenagern anzuhören."

Carol befragte sie nach ihres Bruders Beziehung zu Dean Bayliss und seinen Freunden, aber offensichtlich interessierte Hannah sich nicht für die Gruppe. „Was Rick macht, interessiert mich einen Scheiß. Glauben Sie mir, ich wäre aus dieser Bruchbude verschwunden wie der Blitz, wenn ich das Geld hätte."

„Sie haben ihn also Samstagnachmittag zuletzt gesehen?"

Rick Turners Verschwinden machte Hannah offenbar nicht die geringsten Sorgen. Sie fauchte: „Mein werter Bruder verduftete, und ich durfte mich mit den Typen rumschlagen, die am Sonntagmorgen kamen und spielen wollten. Sie machten mich fast verrückt mit ihren Fragen, wo Rick sei und wo die Ausrüstung aufbewahrt wird. Ich habe gesagt, sie sollten sich verpissen, oder ich würde die Bullen rufen."

„Sie machten sich wegen Ihres Bruders keine Sorgen? Haben Sie nicht daran gedacht, sein Verschwinden zu melden?"

Carols milde Nachfrage amüsierte Hannah. „Das meinen Sie doch nicht im Ernst, oder? Rick würde an die Decke gehen, wenn er annehmen müßte, ich würde den Bullen was erzählen."

Carol nutzte die Gelegenheit und fragte: „Was hielt Rick von Sergeant Griffin?"

Hannah warf ungeduldig den Kopf nach hinten. „Ich habe ihn nie gefragt, aber Griffin war ein Bulle, also würde Rick ihn schon aus Prinzip nicht mögen."

Bourke schlug eine Seite in seinem Notizbuch um. „Warum nicht?"

„Rick kann es nicht ausstehen, wenn jemand ihm sagt, was er tun soll." Sie funkelte Carol an. „Und ich auch nicht."

„Hatte es einen besonderen Grund, warum Rick den Sergeant nicht leiden konnte?"

„Ich habe Ihnen doch gesagt, Rick hält sich für den Größten."

„Ich habe den Eindruck", sagte Carol, „daß die Macht in Katamulla ziemlich gut verteilt ist zwischen den Familien Cosil-Ross und Agar."

„Das könnte hinkommen", räumte Hannah ein. „Obwohl das Miststück Elaine Ihnen nicht zustimmen würde."

„Mit Ihrer Schwägerin kommen Sie wohl nicht gut aus?"

Hannah lachte wütend. „Mit dem Miststück auskommen? Das schafft niemand." Von Antipathie angespornt, beugte sie sich vor. „Elaine hat dafür gesorgt, daß meine Ehe mit Stuart nicht geklappt hat. Sie war von Anfang an dagegen, und ich hätte auf keinen Fall zustimmen dürfen, auf *Grange* zu leben." Ihre Stimme wurde lauter. „Stuart ist ein Schwächling. Wenn es hart auf hart kommt, tut er, was seine Schwester sagt."

„Sie hat es fertiggebracht, Sie rauszuekeln?" In Carols Tonfall lag Mitgefühl.

Rot vor Haß und Wut, sagte Hannah bitter: „Was mich am meisten geschafft hat, ist, daß Elaine nichts gegen Ricks Anwesenheit hatte. Nur mich wollte sie los sein."

Bourke fragte: „Gibt es irgendeine Hoffnung, daß Sie sich mit Ihrem Mann versöhnen?"

„Nicht, solange dieses Miststück lebt."

Carol machte zu dieser entschiedenen Aussage keinen Kommentar. Das Thema wechselnd, sagte sie: „Ihr Bruder hat im *Recorder* geworben für etwas, das er lustige Kriegsspiele nannte."

Hannah seufzte übertrieben. „Sie haben den weiten Weg gemacht, um mich nach Typen zu fragen, die mit Platzpatronen aufeinander schießen? Ich dachte, es geht um Mord."

„Können Sie uns sagen, wie er diese Spiele organisiert?" fragte Bourke.

„Rick setzt eine Annonce in die Zeitung und bestellt die Typen zu einem Platz im Busch ungefähr drei Kilometer von hier. Sie zahlen ihm die Leihgebühr für Helme, Schutzbrillen und die Luftgewehre. Dann teilt er sie in zwei Gruppen ein, und alle gehen in den Busch und jagen sich gegenseitig. Sie kriechen stundenlang durch den Busch wie kleine Kinder."

„Rick hat nicht viel Geld bekommen?"

Hannah quittierte Carols Frage mit einem höhnischen Schnauben. „Sehen Sie sich doch um. Rick hat überhaupt kein Geld bekommen."

„Wie kann er sich dann die Ausrüstung leisten?"

„Er hat nicht dafür bezahlt." Sie lächelte bitter. „Dieses Miststück Elaine hat ihn finanziert, stimmt's?"

Als sie später über den verwahrlosten Zufahrtsweg zurückholperten, sagte Bourke: „Wenn ich eine militante Gruppe aufbauen wollte, würde ich sagen, Spiele mit Platzpatronen wären ideal für die Rekrutierung."

„Die kleinen Jungs, die Soldat spielen, meinst du?" Carol grinste schief. „Ach, Mark, gib's doch zu. Am liebsten würdest du selbst verkleidet da draußen herumlaufen und drauflosballern, hab' ich recht?"

13

„Also, hier bin ich, Carol, wie du befohlen hast." Madeline Shipley sah sich im Hotelrestaurant um. „Ich hatte nicht gerade das im Sinn, als ich vorgestern vorschlug, wir sollten zusammen essen."

„Gute, ehrliche Landküche" erwiderte Carol. „Da geht doch nichts drüber."

Es war noch früh und der Raum halbleer, aber die anwesenden Gäste sahen alle in ihre Richtung. Carol überraschte das nicht. Es lag nicht nur daran, daß Madeline Shipley eine prominente Fernsehpersönlichkeit war, die im ganzen Land Abend für Abend auf den Bildschirmen erschien, sondern auch daran, daß sie in Natur eine fast noch größere Ausstrahlung hatte. Ihre glatte Haut, die großen grauen Augen und das zuversichtliche Lächeln waren in der Realität noch fesselnder als jedes elektronische Bild.

„Madeline, setz dich, und hör auf, Aufsehen zu erregen."

Madeline quittierte das allgemeine Interesse mit Lächeln und einem Winken, dann glitt sie anmutig auf den Stuhl gegenüber von Carol. „Nun, Carol, wahrscheinlich sollte ich dankbar sein, daß du mich in deinem vollen Terminplan noch untergebracht hast."

„Er *ist* voll. Es tut mir leid, Madeline, aber wir haben nicht viel Zeit."

Madeline schenkte ihr ein Hundert-Watt-Lächeln. „Dann werde ich etwas schneller sprechen. Was ist mit einer Verabredung auf einen Gute-Nacht-Schluck später? Ich bin flexibel – bei dir oder bei mir?"

„Ich werde ein andermal darauf zurückkommen –"

„Natürlich wirst du das, Schatz." Madeline schüttelte traurig den Kopf, ihr kupferfarbenes Haar leuchtete. „Leicht machst du es uns nie."

Die Kellnerin, eine knochige junge Frau mit Akne, die Carol noch nicht gesehen hatte, näherte sich ehrfurchtsvoll. Sie überreichte jeder eine Speisekarte und verschlang Madeline mit den Augen. „Könnte ich ein Autogramm von Ihnen bekommen?"

„Aber gern. Haben Sie etwas zum Schreiben?"

„Geht die Speisekarte? Wäre das in Ordnung? Sie können meinen Kugelschreiber benutzen."

Madeline lächelte charmant. „Wie heißen Sie?"

„Diana. Schreibt sich wie die Prinzessin."

Sie nahm vorsichtig die Speisekarte an sich, las, was Madeline geschrieben hatte, und sagte: „Donnerwetter, danke", und legte eine zweite vor sie hin. „Für Mum. Macht es Ihnen was aus?" Sie verdrehte den Kopf, um zu sehen, was Madeline schrieb. „Sie heißt Opal."

Zufrieden gab sie Madeline eine neue Speisekarte und blieb am Tisch stehen, bis sie gewählt hatten.

„Das ist der Preis des Ruhms", sagte Madeline lachend, als Diana, die signierten Speisekarten fest unter den Arm geklemmt, sich zurückzog. Mit leiserer Stimme fügte sie hinzu: „Da wir gerade von Ruhm sprechen – ich war sehr geschmeichelt über den Besuch eines gewissen Mr. Trevorwill heute morgen, bevor ich Sydney verließ." Sie hob die Hand, als sie Carols Stirnrunzeln sah. „Ich sage nichts weiter, Schatz, aber ich *erwarte* von dir ein Exklusivinterview, sobald du sprechen kannst. Das ist doch nicht zuviel verlangt, oder?"

„Du treibst es immer auf die Spitze, stimmt's?" sagte Carol.

„Stimmt." Madeline war mit sich zufrieden. „Wenn es anders wäre, würdest du mich nicht mögen."

***

Carol stieß die Schwingtür auf, ein Schwall von Lärm und Hitze schlug ihr ins Gesicht. Die Bar des Katamulla-Pubs füllte sich schnell mit Stammkunden, wild entschlossen, sich ein paar nette Stunden zu machen, und einigen Reportern, die ihre Anwesenheit später damit begründen würden, sie studierten das Lokalkolorit. Ein Fernsehapparat plärrte über den Köpfen, der Rauch wurde immer dichter, der Lärmpegel immer höher. Beryl und Herb Bennett, unterstützt von einem Barkeeper mit offenem, sommersprossigem Gesicht, hatten mit den ihnen zugerufenen Bestellungen alle Hände voll zu tun.

Der lange Tresen hatte eine Messingfußstütze rundum, Zeugnis aus vergangenen Tagen, als die trinkenden Männer sich, den Ellbogen aufgestützt, an der Bar lümmelten und aus großen Krügen Bier in ihre Kehlen gossen. Die Zeiten hatten sich geändert. Hohe Hocker standen an der Bar. Der übrige verfügbare Platz war mit Tischen und Stühlen und zwei Billardtischen vollgestellt.

„Carol. Hierher." Bourke winkte von einem Tisch in der Ecke. Carol schlängelte sich zwischen den Tischen durch, und Bourke organisierte einen Stuhl vom Nachbartisch. „Hier, quetsch dich in die Ecke."

Er grinste sie an. „Darf ich vorstellen..." Er zeigte auf die beiden Frauen am Tisch. „Denise North und Gwen Pickard – wir haben uns eben kennengelernt. Und Ned Millet und Doug Rush, zu unserer Unterstützung von der Polizei in Harmerville abgestellt." Bourke machte eine schwungvolle Geste in Carols Richtung. „Und das ist mein Boss, Carol Ashton."

„Wir haben uns in der Schule gesehen, glaube ich", sagte Carol zu Gwen Pickard, die heftig an ihrer Zigarette sog.

Sie nickte Denise erfreut zu und registrierte, daß sie ihre Brille abgelegt und ausgiebig Makeup aufgelegt hatte und eine sittsame rosa Bluse und einen etwas dunkleren Rock trug.

Dann wandte sie ihre Aufmerksamkeit den beiden Polizeibeamten zu, die ihrem Team zugeteilt worden waren. Unter Bourkes Aufsicht hatten sie Griffins Wege zurückverfolgt und die Akten auf dem Polizeirevier nach einem möglichen Motiv für das Bombenattentat durchsucht.

Ned Millet hatte schwarzbraunes Haar, seine schmale Nase saß wie eine Messerklinge in einem vorzeitig zerfurchten Gesicht. Seine langen Finger spielten mit dem Bierglas, und er sah weg, als Carol ihn anlächelte.

Der zweite Polizist, Doug Rush, war ein untersetzter junger Mann, dessen Bizeps die Ärmel seines Sporthemdes spannten. Aus dem dicken kurzen Hals und dem Umfang seiner Schultern schloß Carol, daß er leidenschaftlich Bodybuilding betrieb.

Bourke bestellte eine neue Runde Bier und einen

Scotch on the rocks für Carol. „Denise wohnt hier im Hotel. Sie ist Buchreisende oder so etwas."

„Vertreterin", sagte Denise und kicherte. „Ich bin hier, um das Gebiet vor allem für Lehrbücher zu erschließen." Sie blickte strahlend in die Runde. „Gwen habe ich heute nachmittag in der Schule kennengelernt, und sie war so freundlich, einen gemeinsamen Drink vorzuschlagen." Denise lächelte Doug Rush hoffnungsvoll an. „Gwen sagt, der Pub ist der beste Ort, um Leute kennenzulernen."

Carol mischte sich in die belanglose Unterhaltung am Tisch ein und hob ihre Stimme, um über den Dezibels, die die alkoholbeflügelte Lustigkeit der Stammkundschaft erzeugte, gehört zu werden. Gwen Pickard hatte einen schwarzen Humor und erzählte amüsante Geschichten aus der Schule, dabei rauchte sie wie ein Schlot und blinzelte mit hellen Augen durch den Zigarettenqualm.

Doug Rush, erkannte Carol nach wenigen Minuten, war ein extrem dümmlicher junger Mann, der keine anderen Gesprächsthemen zu kennen schien als die Vorzüge und Nachteile verschiedener Autotypen. Ned Millet war da schon interessanter, und sei es auch nur wegen der Tatsache, daß er zwar nichts sagte, das auch nur entfernt etwas Persönliches war, aber über alle anderen Themen freimütig und kenntnisreich mitredete.

Was Denises Vorstellung anging, mußte Carol zugeben, daß sie eine begabte Schauspielerin war. Sie gab die Rolle der süßen, ziemlich naiven Frau, die auf männliche Gesellschaft aus ist. Carol mußte sich ins Gedächtnis rufen, daß auch Gwen Pickard schauspielerte, in ihrem Fall allerdings war es nicht nötig, in eine völlig fremde Biographie zu schlüpfen.

Nach etwa einer halben Stunde verabschiedete sich Gwen Pickard, sie habe noch Aufsätze zu korrigieren.

Zwanzig Minuten später verkündete Denise, sie sei müde und wolle früh ins Bett – offen zeigte sie ihre Enttäuschung, daß keiner der Männer am Tisch sich sonderlich für sie zu interessieren schien.

Da Denise an der Wand saß, mußten alle aufstehen, um sie durchzulassen. Sie nutzte die Situation und raunte Carol ins Ohr: „Zimmer achtzehn, in fünfzehn Minuten."

Froh, mit einer Ausrede dem Geräuschpegel zu entkommen, wartete Carol zwölf Minuten und erklärte dann, sie müsse mit Sydney telefonieren.

Im Foyer war niemand. Rasch stieg sie die Treppe hoch, fand Zimmer achtzehn und klopfte leise.

Denise öffnete die Tür weit genug, daß Carol hineinschlüpfen konnte, und machte sie gleich wieder zu. „Mein Gott! Das war ja das Letzte! Wenn ich nur noch einmal hätte mädchenhaft kichern müssen, hätte ich gekotzt."

Mit Vergnügen sah Carol, daß Denises Zimmer in Braun gehalten war. Der Teppichboden war schokoladenfarben, die Tapeten beige, und auf der gelblichen Bettdecke rekelte sich Gwen Pickard. Nach dem Aschbecher auf dem Nachttischchen zu urteilen, hatte sie bereits zwei Zigaretten geraucht. Sie zündete sich die dritte an, nahm einen tiefen Zug und sagte durch den Qualm, den sie ausstieß: „Heute nachmittag haben Sie in der Schule einen ganz schönen Wirbel veranstaltet, Kommissarin."

„Wirklich?"

Denise deutete Carols raschen Blick durchs Zimmer und sagte: „Wir können offen reden, Carol. Das Zimmer ist nach Wanzen abgesucht. Es ist sauber. Ihres übrigens auch."

„Was ist passiert?" fragte Carol.

Gwen fuhr sich durch das krause Haar. „Sie hatten Eliot aus meinem Englischunterricht herausholen lassen.

Als er zurückkam, benahm er sich ziemlich merkwürdig. Er flüsterte mit ein paar Freunden hinten in der Klasse – er gehört zu der Sorte, die so weit wie möglich vom Lehrer entfernt sitzt –, dann stand er auf, erklärte, er müsse jetzt gehen, und verließ den Raum." Sie machte eine Pause, um sich einen weiteren Nikotinschuß zu verpassen. „Und dann entdeckte ich, daß Webb eine Konferenz mit einigen Großkopfeten aus dem Erziehungsministerium angesetzt hatte, aber er sagte den Termin im letzten Augenblick ab und verschwand in Windeseile. Sehr ungewöhnlich – normalerweise kriecht er den Behörden schamlos sonstwohin."

Denise, die entspannt an der Wand lehnte, fragte scherzhaft: „Also, Carol, was war eigentlich los?"

Carol berichtete kurz über die beiden Gespräche. Als sie Caitlin Webb erwähnte, nickte Gwen. „Es überrascht mich nicht, daß er keineswegs erpicht war, daß Sie über seine Tochter Fragen stellen. Es wird gemunkelt, sie habe eine Abtreibung gehabt, und Dean Bayliss sei der Vater gewesen. Webb ist ein selbstgerechtes Arschloch, er würde eher sterben, als daß herauskommt, seine geliebte Tochter war schwanger."

Denise sagte: „Gwen hat vielleicht eine Spur zu Ken Kirk."

„Sie wissen, wo er ist?" Obwohl die Mutter des Polizisten vage angedeutet hatte, er sei bei Freunden, hatte eine Überprüfung im Lauf des Tages keine Spuren gebracht.

Gwen drückte ihre Zigarette aus. „Ich kann mir denken, warum er verschwand. Eine Freundin von Kirks Mutter arbeitet in der Schulkantine, und sie sagt, Kirk habe Anfang dieser Woche einen Brief bekommen, der ihn zu Tode erschreckt hat. Irgendwas über schuldig sein und daß er dafür bestraft würde."

151

„Das Volksgericht schlägt wieder zu", sagte Denise. „Kein Wunder, daß er sich aus dem Staub machte, nachdem er mitangesehen hat, was passieren kann."

Gwen hustete, ein schweres schleimiges Keuchen. „Da ist noch etwas", sagte sie. „Mir ist zu Ohren gekommen, Kirk habe seiner Mutter gesagt, daß etwas Schreckliches passieren würde, australienweit. Er hat keine Details genannt, aber Mrs. Kirk hat ihrer Freundin gesagt, daß er sich schrecklich aufgeregt hat."

„Irgendwelche Zeitangaben?"

„Nein."

Denise erklärte: „Wir müssen Kirk finden und herausbekommen, was genau er weiß. Glücklicherweise haben wir vielleicht eine Spur."

„Hier ist eine Adresse", sagte Gwen und gab Carol einen Zettel. „Es handelt sich um eine Ex-Freundin von Ken Kirk, die in Liverpool, außerhalb von Sydney, lebt. Es würde mich nicht überraschen, wenn er bei ihr ist."

„Wenn er da ist, verhaften wir ihn."

„Wir haben Kent Agar beschattet", sagte Denise. „Wie Konstabler Kirk scheint er schreckliche Angst zu haben. Er hat seinen Besuch bei der Bushranger-Sache abgesagt und einen Bodyguard angeheuert. Seine Frau wollte, daß er nach Hause kommt, aber er hat sich geweigert."

„ASIO hat sein Telefon angezapft?"

Denise grinste. „Ganz legal, kann ich Ihnen versichern."

„Wen hat er in Katamulla angerufen?"

Denise blätterte in einer Akte. „Zum einen Elaine Cosil-Ross. Es war ein kurzes heftiges Gespräch, denn sie war überhaupt nicht erbaut, daß er aus den Wochenendfeierlichkeiten ausstieg. Direkt danach rief er die Herausgeberin des *Recorder* an und bat sie, die Tatsache, daß er am

152

Samstag nicht als Ehrengast in Katamulla sein würde, mit einem positiven Akzent zu versehen. Außerdem sprach er mit der Eisenwarenhandlung Donnovan und bestellte einige Dinge, die in sein Haus geschickt werden sollten. Und er telefonierte mit dem Pub, um eine Getränkerechnung zu diskutieren. Das ist alles, abgesehen von seiner Frau. Sie rief ihn heute vormittag an."

„Nachdem ich bei ihr gewesen war?"

„Sie scheinen eine besondere Gabe zu besitzen, die Leute aufzubringen", sagte Denise. „Nachdem Sie weg waren, hatten Agar und seine Frau ein erbittertes Gespräch. Kent war sehr verärgert, daß Maggie Sie überhaupt hereingelassen hatte, und ihr behagte seine Kritik nicht, so daß sie es ihm volles Rohr zurückgab." Denise lächelte bei der Erinnerung. „Das Netteste, das sie ihrem Gatten mitgab, war, daß er ein rückgratloser Schwächling sei, der schlappmacht, sobald es etwas rauher wird."

„Hat sie das Christophorus-Medaillon erwähnt?"

„Das war der einzige Punkt, in dem Kent und Maggie einer Meinung waren – daß die ganze Familie abstreiten sollte, irgend etwas darüber zu wissen. Überraschenderweise scheint es, als habe Eliot Donnovan Ihnen heute nachmittag die Wahrheit gesagt. Scott Agar hat dieses Familienerbstück Becca Hamilton geschenkt, als Zeichen seiner Liebe. Er und Dean Bayliss waren offensichtlich Rivalen, allerdings hatte Dean wohl die besseren Karten."

Carol betrachtete sie mit zynischem Lächeln. „Hat ASIO noch andere Telefone angezapft?"

„Nicht ein einziges", sagte Denise im Brustton der Überzeugung. „Aber wenn ich hier in der Gegend ein Handy benutzte, würde ich nicht gerade meine tiefsten Geheimnisse ausplaudern – wir überwachen die Mobilfunkfrequenzen rund um die Uhr."

„Ich habe ein Treffen mit Mark und Anne Newsome angesetzt", sagte Carol. „Wenn irgend etwas dabei herauskommt, das Sie wissen sollten, komme ich noch mal zurück." An der Tür blieb sie stehen. „Wann kann ich mit den Bankauskünften rechnen, um die ich gebeten hatte?"

„Frühestens morgen nachmittag." Und trocken fügte Denise hinzu: „Finanzbehörden hassen jede Art von Kooperation – es ist ein Kinderspiel, die Erlaubnis zur Telefonüberwachung zu bekommen, verglichen mit der Mühe, die es macht, auch nur die kleinste Kleinigkeit über jemandes Vermögenslage herauszufinden."

Bevor Carol die Tür öffnete, fragte Denise noch mit gewisser Schärfe: „Sie sind doch bewaffnet, oder?"

„Selbstverständlich."

„Es ist nur", Denise klopfte ihr auf die Schulter, „ich fände nichts schlimmer, als wenn Ihnen etwas zustoßen würde, Carol."

Als Carol den Flur entlangschlich, mußte sie innerlich grinsen, sie kam sich wie eine Figur in einem Schurkenstück vor. Sie klopfte an Bourkes Zimmertür. „Symphonie in Blau", sagte er und deutete auf die Einrichtung. „Du sagtest, du seist gelb, ich bin blau, und die arme Anne ist ein besonders widerliches Grün."

„Mein Zimmer läßt sich am besten im Dunkeln ertragen", erklärte Anne lachend. „Sonst kommen die grünen Wände mir irgendwie entgegen."

Carol nahm den angebotenen Stuhl mit kobaltblau besticktem Kissen. Sie gab Bourke die Adresse, die sie von Gwen Pickard bekommen hatte, und sagte: „Ken Kirk könnte dort sein. Es ist die Anschrift einer Ex-Freundin von ihm. Sollte er dort sein, wünsche ich, daß er unter Bewachung hierher gebracht wird und niemand mit ihm spricht, bevor wir ihn nicht interviewt haben."

„Frag mich bloß nicht nach Scott Agar und dem Familienerbstück", erklärte Bourke. „Ich habe eine Abfuhr gekriegt. Als ich Maggie Agar anrief und ihr sagte, wir müßten Scott noch ein paar Fragen stellen, antwortete sie sehr bestimmt, Scott sei nicht da. Ich tat, was ich konnte, und sie sagte, sie würde mich zurückrufen. Kann nicht behaupten, daß ich gespannt darauf bin."

„Was ist mit den Akten auf dem Polizeirevier? Steht irgendwas Interessantes darin?"

„Jedenfalls nichts, das jemand veranlassen könnte, eine Bombe zu basteln. Der Vandalismus, über den sich Elaine Cosil-Ross beschwert hat, war aufgenommen, aber die Akte enthielt keine Namen von Verdächtigen."

„Ich nehme an, auch keine Bemerkungen über den Geheimen Kreis oder militante Aktivitäten."

„Nichts." Er reichte ihr ein Blatt Papier. „Aber ich habe etwas über Arnie Griffins letzten Tag auf Erden gefunden." Er beugte sich über ihre Schulter, während sie auf das Papier blickte. „Da Ken Kirk sich abgesetzt hat und so viele Dokumente durch die Explosion zerstört wurden, mußten Millet und Rush die Informationen vor allem aus einem Dienstbuch in Griffins Wagen herausholen. Du siehst, das meiste ist Routinekram. Griffin telefonierte wegen eines Typen, dessen Hund Nachbars Hühner gefressen hatte, sprach mit jemandem, der um zwei Uhr morgens laute Musik spielte, und verbrachte einige Zeit im Rathaus, um die Sicherheitsmaßnahmen für das kommende Wochenende zu besprechen. Außerdem hatte er sich notiert, im Pub anzurufen."

Er zeigte auf die Mitte der Seite. „Diese späteren Eintragungen könnten interessanter sein: Griffin spricht mit der Familie Bayliss, ruft in der Bäckerei an, in der Dean arbeitete, und fährt zu den Cosil-Ross' hinaus."

Carol betrachtete stirnrunzelnd die Liste. „Und an einer dieser Stellen wird ihm eine Briefbombe übergeben."

„Nicht unbedingt", entgegnete Bourke. „Er könnte sie seit Tagen mit sich herumgetragen haben. Oder jemand könnte sie ihm gegeben haben, als er aus dem Rathaus kam."

„Es muß jemand gewesen sein, dem er vertraute", sagte Anne. „Immerhin hatte er gerade einen Drohbrief bekommen, also würde er sicher nichts Verdächtiges von einem Unbekannten entgegennehmen."

„Und er machte es nicht auf, bevor er zur Polizeiwache zurückkam." Bourke blies die Backen auf. „Eine Art Geschenk?" Er überlegte. „Sein Geburtstag war es nicht, aber vielleicht ein Jahrestag...?"

„Das wäre herauszufinden."

Unvermittelt sagte Anne Newsome: „Mir ist da etwas eingefallen."

Anne hatte bisher am schwarzen Metallrahmen des Bettes gelehnt, aber nun wippte sie auf den Fußballen und errötete. Carol dachte, wie ein Bluthund, der losgelassen wird, so begierig, daß die junge Polizistin zitterte.

„Von den Lehrern, die Ihnen gestern ihre Namen gegeben haben, habe ich nicht viel erfahren, *außer*..." Anne machte eine dramatische Pause, „der Schulbibliothekarin. Sergeant Griffin war der Vorsitzende des hiesigen Heimatkundevereins, und sie arbeitete mit ihm an einer großen Ausstellung für die Bushranger-Woche."

„Und?" fragte Bourke.

„Sie sammelten in allen alteingesessenen Familien Fotos, Dokumente und Gerätschaften für die Ausstellung." Anne breitete die Arme aus. „Sergeant Griffin sammelte sie. Könnte man nicht annehmen, daß so wertvolle Dinge eingewickelt wurden, wenn die Leute sie ihm gaben?"

Bourke nickte bedächtig. „Und die beiden ältesten Familien sind die Agars und die Cosil-Ross'. Zweifellos haben sie Material für die Ausstellung geliefert."

„Das ist ein guter Ausgangspunkt, Anne", sagte Carol, amüsiert, weil die junge Polizistin sich so offensichtlich über das Lob freute. „Machen Sie da morgen weiter."

„Außerdem habe ich mit Becca Hamilton gesprochen", sagte Anne. „Ich bin sicher, sie hat den Christophorus erkannt, aber sie erklärte, sie hätte das Medaillon noch nie gesehen." Sie verzog das Gesicht, offensichtlich über sich selbst verärgert. „Ich habe es auf die freundliche und auf die harte Tour versucht. Aber selbst als ich sagte, Eliot Donnovan habe es als das identifiziert, das Scott ihr geschenkt habe, erklärte sie, sie könnte sich nicht erinnern, es bekommen zu haben. Und dann kam ihre Mutter dazu und machte deutlich, daß sie glaubte, ich belästige ihre Tochter."

„Die Eltern hier sind alle so verdammt fürsorglich", sagte Bourke.

„Vielleicht haben sie verdammt viel zu verbergen", fügte Anne hinzu.

14

Carol wachte früh auf, weil ihr der Rücken wehtat, und versuchte, auf der durchgelegenen Matratze eine bequeme Position zu finden, während sie über den Tag nachdachte, der vor ihr lag. Sie erwartete an diesem Morgen die Nachricht, ob Konstabler Kirk gefunden worden war, und wenn, wollte sie ihn so schnell wie möglich befragen. In der Zwischenzeit würde sie Anne zu seiner Mutter schicken, damit die bestätigte, daß er einen anonymen Brief bekommen hatte. Carol wollte unbedingt wissen, ob sich in dem Umschlag ein gelber Kreis befunden hatte.

Die beiden Polizisten Rush und Millet konnten die Schulbibliothekarin befragen und eine Liste derjenigen im Bezirk zusammenstellen, die Material für die historische Ausstellung zugesichert hatten.

Sie und Bourke würden Scott Agar und Becca Hamilton ausquetschen. Und dann Caitlin Webb, die Tochter des Rektors.

Carol kroch aus dem Bett, auf dem kalten Fußboden krümmten sich ihre Zehen. Nach den Mengen, die sie gestern gegessen hatte, mußte sie sich erst mal fitmachen. Sie zog einen blauen Trainingsanzug und ihre Laufschuhe an und überlegte, welche Waffe sie mitnehmen sollte. Die Beretta war zu schwer, und das Halfter der Glock 27 würde nicht nur unter die engen Hosen nicht passen, das Gewicht der Pistole würde ihren Laufschritt behindern. Nach einigem Nachdenken packte sie die Beretta und die Unterlagen in eine Reisetasche und stopfte die Glock in die rechte Reißverschlußtasche ihres Oberteils. Sie war klein und kompakt, würde aber ihr mit dem Gewicht beim Laufen gegen die Rippen schlagen.

Auf dem Weg nach draußen machte sie mit der Reisetasche vor Anne Newsomes Tür halt. Als Anne, bereits angezogen, öffnete, bat Carol sie, ein Auge auf die Tasche zu haben, bis sie zurück war.

Die Luft draußen war frostig und die Straße menschenleer. Sie machte ein paar Streckübungen – immer zu wenige, wie sie wohl wußte – und joggte dann über die Hauptstraße, vorbei an den Kirchen und dem Café Imperial, in dem schon Betrieb herrschte, Rauchwolken kamen aus dem Schornstein der Küche, in der das Frühstück vorbereitet wurde.

Carol bog nach links und lief zum Fluß hinunter. Gestern war sie mit dem Wagen über eine hübsche Steinbrücke gefahren, die sie sich genauer ansehen wollte. Ein Streifen Parklandschaft säumte an dieser Stelle den Fluß, also wich Carol von der Straße ab und lief einen gepflasterten Weg entlang, der sich zwischen sorgfältig beschnittenen Büschen dahinwand.

Die Sonne war aufgegangen und färbte die Wolken rot. Carol atmete tief, der Rhythmus ihrer Schritte tat ihrem Körper wohl und beruhigte ihre Gedanken.

Auf dem Weg kam ihr ein anderer Läufer entgegen. Ganz automatisch kategorisierte Carol ihn: männlich, mittelgroß, breite Schultern, kräftig gebaut, braunes gelocktes Haar, regelmäßige Gesichtszüge. Er trug einen schwarzen Trainingsanzug. Als er an ihr vorbeijoggte, hob er die Hand und grüßte. Sie sah sich nicht um, aber dann änderte sich das Tempo des Schlags seiner Laufschuhe.

Sie drehte sich um, aber da war er schon über ihr. Mit der rechten Hand schwang er ein kurzes, matt glänzendes Rohr und wollte es ihr über den Kopf schlagen. Instinktiv hob sie den Arm, und der Schlag traf sie am Ellbogen.

Der betäubende Schmerz lähmte ihren rechten Arm. Sie stolperte, fand ihr Gleichgewicht wieder, aber ihr war schmerzhaft klar, daß sie keine Chance hatte, den Revolver zu ziehen.

Den linken Arm vorgestreckt, den rechten mit der Waffe hoch über dem Kopf, rief der Mann mit verzerrtem Gesicht: „Verurteilt und für schuldig befunden."

Mit der linken Hand schlug er ihr ins Gesicht, dann packte er ihren nutzlosen Arm und schwang sie herum.

„Das Volksgericht hat sein Urteil gefällt." Speichel traf ihr Gesicht. „Dies ist deine gerechte Strafe."

Als sie sich losriß, holte er mit dem Rohr aus und verpaßte ihr einen Schlag in die Rippen.

Für Angst oder Wut war keine Zeit. Techniken, die sie geübt hatte, bis sie automatisch waren, kamen ins Spiel.

Als er ihren Arm packte, verlagerte Carol ihr Gewicht auf das Standbein und stieß die linke Faust vor, ihr kurzer schneller Schlag traf ihn am Kinn. Sein Kopf schleuderte nach hinten, aber er ließ sie nicht los.

„Fotze!"

Sie entspannte, dann knallte sie ihm in Augenhöhe die Faust auf den Nasenrücken.

Er heulte vor Schmerz und ließ sie los, um sich ins Gesicht zu fassen. Das Rohr fiel zu Boden.

Carol brachte sich wieder ins Gleichgewicht, beugte sich zurück und legte ihr ganzes Gewicht auf das linke Bein. Sie zog das rechte Bein an, das Knie an die linke Schulter gedrückt. Mit aller Kraft trat sie ihm gegen das linke Knie.

Es knackte scharf, als der Knochen brach. Sogar als er aufschrie und zusammengekrümmt zu Boden ging, war sie bereit, noch einmal zuzutreten.

Carol kickte das Rohrstück aus seiner Reichweite, schnappte nach Luft und rieb sich den verletzten Ellbogen. „Versuch aufzustehen", stieß sie hervor. „Und ich breche dir das andere."

* * *

„Kommissarin Ashton, ich habe gehört, daß man Sie angegriffen hat..." Elaine Cosil-Ross stand in der Tür zu einem kleinen Klubzimmer, das Carol zeitweise vom Hotel zur

Verfügung gestellt worden war. Ihr aristokratisches Gesicht wirkte konsterniert. Sie war tadellos gekleidet in ein Tweedkostüm, Seidenbluse und eine Reihe Perlen um den Hals.

„Nichts Ernstes. Ein gequetschter Ellbogen und eine aufgeplatzte Lippe, das ist alles." Carol erhob sich von ihrem improvisierten Schreibtisch. „Was kann ich für Sie tun?"

„Ich bin hier wegen der letzten Vorbereitungen für den Umzug, aber als ich erfuhr, daß Sie verletzt sind, dachte ich, daß ich Sie sprechen muß. Solche Dinge passieren in Katamulla nicht. Ich hoffe, daß Sie uns nicht nach diesem einzigen Vorfall beurteilen." Sie machte eine Pause, um Carols Gesicht zu betrachten. „Sie haben da eine häßliche Schramme. Ist jemand festgenommen worden?"

Diese Frage, dachte Carol, war wohl der Grund, warum Elaine Cosil-Ross hier war. „Er ist im Augenblick im Krankenhaus und steht unter Bewachung. Bisher weiß ich noch nicht, ob er von hier ist."

„Im Krankenhaus?" Elaine zog die Augenbrauen hoch. „Heißt das, Sie haben auf ihn geschossen, Kommissarin?"

„Nein. Ich habe ihm nur einen guten Schlag verpaßt."

„Kommissarin Ashton ist zu bescheiden", sagte Herb Bennett. Er stellte das Tablett mit Kaffee und Keksen auf den Tisch. „Sie hat dem Flegel das Knie gebrochen." Er grüßte Elaine voll Respekt. „Darf ich Ihnen irgend etwas anbieten, Ms. Cosil-Ross?"

„Nein, danke. Ich bin bereits im Gehen."

Nachdem Elaine Cosil-Ross gegangen war, blieb Herb Bennett neben Carols Stuhl stehen. „Ja?" fragte sie. „Ist was...?"

Er rieb seine groben Hände. „Ich habe überlegt... Ich kenne die Familie Bayliss gut, und Dean war ein guter

Junge..." Er bewegte sich unruhig. „Also, ich würde gern wissen, ob der, der das getan hat, vor Gericht kommt. Was ich sagen will – ich würde mich besser fühlen, wenn ich wüßte, ob Sie Fortschritte machen, wenn Sie wissen, was ich meine."

„Mr. Bennett, es tut mir leid –"

Er hob seine große Hand, um ihr zuvorzukommen. „Ich weiß, ich hätte nicht fragen sollen." Er lachte verlegen. „Wissen Sie, es ist Beryl. Sie will immer wissen, was los ist."

Nachdenklich sah Carol ihm nach, dann wandte sie sich wieder den Unterlagen zu. Denise war zu zynisch gewesen – heute morgen hatte ein Sicherheitsbeamter die Finanzberichte gebracht.

Stuart Cosil-Ross hatte nicht zuviel mit Familienreichtum geprahlt. Das Vermögen, das die ersten Familienmitglieder angehäuft hatten, war mit den Jahren stetig gewachsen, so daß Bruder und Schwester, abgesehen von dem gemeinsamen Grundbesitz, beide extrem reich waren. Es gab eine Notiz, daß Elaine Cosil-Ross eine US-amerikanische Denkfabrik, die für ihre rechtsextremen Ansichten bekannt war, großzügig unterstützte, ebenso deren australisches Gegenstück. Sowohl sie wie ihr Bruder hatten Kent Agars diversen Wahlkämpfe mit ziemlichen Summen finanziert.

Carol widmete ihr Interesse den Berichten über Kent Agar, fand aber nichts Verdächtiges über seine Finanzen. Maggie Agar war unabhängig von ihm sehr vermögend, sie hatte geerbt, und offensichtlich hatte sie allein die weiße Scheußlichkeit finanziert, die Kent Agars Familienhaus ersetzt hatte.

Lizbeth Hamilton hatte anläßlich des Todes ihres Mannes keinen Pfennig erhalten. Das Geld für die Modernisierung der Zeitung hatte sie in Form eines zinslosen Darlehens von Elaine Cosil-Ross bekommen.

Bourke kam herein, als sie eben mit der Durchsicht der Papiere fertig war. Er schloß sorgfältig die Tür, bevor er sagte: „Der Typ, der dich angegriffen hat, sagt kein Wort, aber wir haben ihn anhand seiner Fingerabdrücke identifiziert." Er grinste. „Die Wunder der modernen Wissenschaft funktionieren wirklich, wenn du ASIO auf deiner Seite hast."

„Er ist nicht von hier?"

„Aus Queensland. Der Name ist Shadworth. Er ist in Brisbane einige Male wegen tätlichen Angriffs verurteilt. Aber das Interessanteste an ihm ist, daß er einen Volvo-Kombi besitzt. Einen braunen. Wir haben ihn noch nicht gefunden, aber ich wette, daß er irgendwo hier im Bezirk ist."

„Ich will ihn sprechen."

Bourke schüttelte den Kopf. „Zu spät, Carol. Er ist bereits auf dem Weg nach Harmerville, unter Bewachung. Von Denise soll ich dir sagen, daß sie dich über sein Verhör auf dem Laufenden halten wird."

Carol wies auf die Finanzberichte. „Da steht nichts drin, außer daß die Cosil-Ross' rechte Sachen unterstützen, und das ist kein Vergehen." Sie lehnte sich zurück.

Bourke sah sie besorgt an. „Wie fühlst du dich?"

Carol wollte nicht zugeben, daß sie sich klapprig fühlte. Sie grinste ihn an. „Sehr viel besser als der andere."

„Gut genug, um mit aufs Revier zu kommen? Nachdem Ken Kirk heute früh in der Wohnung seiner Freundin aufgegriffen wurde, habe ich arrangiert, daß er so schnell wie möglich hergebracht wird. Sie sind eben angekommen."

Carol suchte ihre Sachen zusammen und sagte: „Wenn wir mit Kirks Befragung fertig sind, wünsche ich, daß er in

Harmerville in Einzelhaft kommt – mir ist egal, mit welcher Anklage."

„Schutzhaft?" fragte Bourke. „Ich schätze, die braucht er."

***

Die Fassade der Polizeiwache war provisorisch repariert worden, aber das Büro war nach hinten verlegt. Carol erklärte den beiden Beamten, die den Konstabler von Liverpool hierher eskortiert hatten, sie sollten eine Pause machen, und setzte sich Kirk gegenüber. Bourke blieb stehen, die Hände in den Hosentaschen.

Ken Kirk war unrasiert und verängstigt. Sein auffälliger Adamsapfel hüpfte, weil er fortwährend nervös schluckte, und er vermochte die Hände nicht ruhig zu halten.

Er starrte Carol an, als wäre sie ein Racheengel. „Ich kann nichts dafür. Ich hätte es nicht aufhalten können. Sie hätten den Sergeant geschnappt, egal wie."

„Wer hätte ihn geschnappt?" erkundigte sich Bourke.

Kirk sah Bourke an, dann Carol. „Das wissen Sie doch, oder?"

Carol kniff die Augen zusammen. „Wir brauchen einen Namen, Konstabler", sagte sie mit unverhüllter Ungeduld. „Sie werden uns alles sagen, was Sie wissen."

Er fuhr sich mit der Zunge über die Lippen. „Sie werden mich töten."

„Kirk", sagte Bourke müde. „Sie sind ein kleiner Fisch. Sie werden sich mit Ihnen nicht abgeben." Er beugte sich vor und näherte sein Gesicht dem des Konstablers. „Aber *wir*. Ich schätze, wir könnten Sie anklagen, mitschuldig am Tod von Sergeant Griffin zu sein, und dafür sorgen, daß es an Ihnen kleben bleibt."

„Geheimer Kreis", murmelte Kirk mit gesenktem Kopf.

„Wiederholen Sie das."

Kirk sah auf. „Sie nennen sich Geheimer Kreis. Rick Turner hat mir davon erzählt. Er ist ein ziemliches Arschloch, deshalb habe ich es nicht wirklich geglaubt, als er sagte, dem Sergeant würde eine Lektion erteilt werden." Er verzog jämmerlich das Gesicht. „Gott, ich habe nie gedacht..."

Carol fragte: „Kennen Sie außer Rick Turner noch weitere Namen?"

Kirk schüttelte heftig den Kopf. „Keine Namen." Er schluckte. „Aber ich weiß, sie sind überall."

„Überall? Was soll das heißen?"

Kirk antworte auf Bourkes Frage nicht. Er barg das Gesicht in den Händen und sagte: „Sie werden mich töten. Ich weiß es."

* * *

Nachdem er dafür gesorgt hatte, daß Kirk in Harmerville in Schutzhaft genommen wurde, brachte Bourke Carol ins Hotel zurück. Es wurde gerade die Parade geprobt, deshalb mußte er sie in einer Seitenstraße aussteigen lassen. Sie ging zur Hauptstraße und mischte sich unter die Menge vor dem Pub, darum bemüht, ihren verletzten Ellbogen vor der Begeisterung der Mitzuschauer zu schützen.

Die Musikband der Highschool von Katamulla, prächtig anzuschauen in blauen Uniformen mit goldenen Tressen, marschierte vorbei, einigermaßen im Gleichschritt. Sie spielte „Waltzing Matilda", mehr begeistert als akkurat, aber nichtsdestotrotz applaudierten alle lautstark.

Eine Stimme sagte in Carols Ohr: „Kommissarin, ich muß mit Ihnen sprechen. Es ist sehr wichtig."

Carol drehte sich um und sah Maggie Agar. Sie wies auf den Hoteleingang. Im Foyer war niemand. Sie führte Maggie in das Klubzimmer. „Hier können wir reden."

Maggie Agar wirkte sehr unter Druck, was bei Carols erstem Treffen mit ihr absolut nicht der Fall gewesen war. Carol bedeutete ihr, sich zu setzen, aber sie lehnte ab.

Ihre weiche Stimme zitterte. „Ich muß gestehen, ich war gestern nicht ganz offen zu Ihnen."

Carol machte ihr die Sache leicht. „Was das Medaillon angeht? Wir wissen, es ist Ihr Familienerbstück."

Maggie Agar biß sich auf die Lippen. „Es war nicht Scotts Schuld, er wußte, daß ich von ihm erwartete zu lügen. Ich wollte nicht, daß er Schwierigkeiten bekommt."

„Inspektor Bourke wird Scott heute noch einmal befragen." Carol war sachlich. „Solange Ihr Sohn seine Fragen wahrheitsgemäß beantwortet, gibt es nicht den geringsten Anlaß zur Sorge."

Maggie rang die Hände. „Er kann Scott heute nicht befragen. Deshalb bin ich ja zu Ihnen gekommen. Ich weiß nicht, wo Scott ist."

„Sie meinen, ihm könnte etwas passiert sein?"

Maggie zwinkerte heftig. „Kent befahl mir, Sie nicht damit zu behelligen, daß Scott mit Freunden weg ist..."

„Und was denken Sie?"

„Ich bin überzeugt, etwas stimmt nicht." Maggie Agars Mund wurde hart. „Scott würde nie wagen wegzugehen, ohne mir *exakt* zu sagen, wohin."

* * *

„Du Arme", flötete Madeline. „Es war sehr klug von dir, früh ins Bett gehen zu wollen. Du brauchst ein bißchen Tröstung."

„Mir geht es gut. Bloß ein bißchen steif."

Madeline grinste hinterhältig. „Ich könnte die steifen Stellen massieren, Schatz."

Carols zögerndes Lächeln verursachte einen stechenden Schmerz in ihrem verletzten Kinn. „Du versuchst nur, meinen geschwächten Zustand auszunutzen."

„Natürlich tu ich das." Madeline machte die Tür auf, bückte sich, um etwas draußen im Flur vom Fußboden aufzuheben, und als sie sich umdrehte, trug sie ein Tablett, auf dem ein Eiskübel, eine Flasche Johnnie Walker und zwei große Gläser standen. „Voilà!" sagte sie triumphierend und drückte mit einem Hüftschwung die Tür zu. „Medizin, um deinen Schmerz zu lindern."

Sie blickte auf die Glastüren, die auf die umlaufende Veranda führten. „Was ich für dich außerdem noch im Sinn habe, verlangt Ungestörtheit." Sie stellte das Tablett auf den Nachttisch und ging zur Tür, um das Schloß zu überprüfen.

Trotz der Beschwerden, die ihre Verletzungen verursachten, empfand Carol einen Kitzel des Begehrens, als sie sah, wie Madeline die beiden Kunststoffrollos herunterzog.

Da war eine perverse Erregung, sich für einen Moment vollkommen hinzugeben. Madeline war verantwortlich, ihrer selbst sicher. Leichthin sagte Carol: „Ich lasse dich bloß gewähren, weißt du. Gleich springe ich auf und werfe dich aus dem Zimmer."

Madeline reichte ihr ein Glas. „Scotch on the rocks, und ich hoffe, du hast registriert, daß ich den besten besorgt habe, den das Hotel zu bieten hat."

Sie stießen an. „Auf uns", sagte Madeline.

Die Nachttischlampe schimmerte durch die bernsteinfarbene Flüssigkeit. Carol nahm einen Schluck und behielt ihn für einen Moment im Mund. Der Whisky brannte an dem Schnitt in ihrem Mundwinkel und bahnte sich dann einen warmen Weg zu ihrem Magen. Sie seufzte. „Das war gut."

„Du hast ja noch gar nichts gesehen."

„Madeline", sagte Carol mit einem Grinsen, das sich in eine Grimasse des Schmerzes verwandelte. „Was immer du vorhast, du mußt sanft zu mir sein."

„Ich werde dich genauer untersuchen müssen", antwortete Madeline und öffnete Carols Bademantel. Sie beugte sich vor und küßte zärtlich beide Brustwarzen. „He, Doktor spielen macht Spaß."

Ihr Lächeln verschwand, als sie den schwarzen Bluterguß über den Rippen sah. „Der Bastard. Ich hoffe, du hast es ihm richtig gegeben."

Es war seltsam und aufregend zu sehen, wie die sonst so ungeduldige Madeline sich soviel Zeit nahm. Langsam streifte sie den Bademantel von Carols Schultern, küßte sie sanft und strich mit den Fingern behutsam über nackte Haut.

Dann zog sie sich aus, und die ganze Zeit hielt sie ihre grauen Augen auf Carol gerichtet. Als sie auf das Bett neben sie glitt, schnurrte sie: „Geht es dir besser?"

„Vielleicht."

„Ich werde dafür sorgen, daß es dir *viel* besser geht. Wahrscheinlich besser, als du erträgst."

„Versprechungen", sagte Carol.

Madeline begann ein unnachgiebig sanftes Drücken. „Beweg dich nicht, Schatz, lieg einfach nur da und überlaß alles mir."

Carols Hüften zuckten, ihr Kopf fiel zurück. Undeutlich war sie sich ihrer Verletzungen bewußt, ihr geschwollener Ellbogen stieß gegen Madelines glatten Körper, aber all das, der Schein der Lampe, Madelines tiefe beruhigende Stimme, Madelines Geschmack in ihrem Mund, alles entschwand, bis sie nur noch reines Gefühl, freier Flug war.

Sie keuchte, und die plötzliche Lust ihres Körpers brachte sie zurück auf die Erde. „Liebling?" fragte sie.

„Ruh dich aus. Schlaf. Ich bleibe bei dir", antwortete Madeline. „Wie Florence Nightingale." Sie lachte leise. „Die Frau *liebte* die Gesellschaft von Frauen, stimmt's?"

15

Der Samstag war klar, kalt und sonnig, ein schöner Wintertag, wie geschaffen für den Start der Bushranger-Woche.

Carol verließ die wie ein schläfriges Kätzchen zusammengerollte Madeline und zog Jeans, einen Pullover und eine Jeansjacke an, um ihre Neun-Millimeter-Beretta zu verbergen. Vor Schmerzen stöhnend schnallte sie das Halfter der Glock über den rechten Fußknöchel und dachte, wie geradezu dümmlich übertrieben selbstsicher sie gestern morgen gewesen war, bloß weil sie die Glock in der Tasche mit Reißverschluß getragen hatte. Wie oft hatten ihre Schießtrainer ihr gesagt, daß ein Revolver im Notfall für die Verteidigung nutzlos ist, wenn er nicht sofort erreicht werden kann. Gestern war ein Bilderbuchbeispiel dafür gewesen.

Sie beschloß, im Café Imperial zu frühstücken, deshalb steckte sie etwas Geld in die hintere Tasche der Jeans und verschloß ihre Brieftasche in einem Koffer.

Obwohl es noch früh war, waren die letzten Vorbereitungen für den Umzug in vollem Gang. Der Plattformwagen mit einer Darstellung des letzten Kampfes Doom O'Reillys mit den berittenen Truppen stand bereit, und vor dem Rathaus wurden die vorgefertigten Tribünen für die VIPs aufgebaut.

Kurz vor dem Café Imperial hielt neben ihr Konstabler Rush in einem Streifenwagen. „Wir haben Rick Turner!" Er beugte sich herüber und öffnete die Beifahrertür. „Er ist auf dem Revier. Ich bringe Sie hin."

Carol stieg in den Streifenwagen, nachdem sie einen leeren Plastikkaffeebecher und Essenverpackungen auf den Boden geschoben hatte.

„Tut mir leid", sagte Doug Rush. „Ich wollte noch aufräumen." Er sah über die Schulter und fädelte sich vorsichtig in den dünnen Verkehr ein. „Millet wollte Sie und Inspektor Bourke anrufen, als ich frühstücken ging. Ich bin auf dem Rückweg."

„Wie haben Sie Turner gefaßt?"

„Millet und ich hatten Frühdienst. Turner kam einfach auf die Wache und sagte, er hätte gehört, daß wir ihn suchten."

Carol warf dem Polizisten einen Blick zu. Sein dicker Hals spannte den Uniformkragen, und seine geröteten Wangen und das aufgekratzte Verhalten deuteten auf heftige Erregung. Sie fragte, ob Rick Turner gesagt hätte, wo er in der letzten Woche gewesen war.

„Wir haben ihn noch gar nicht befragt. Wir haben auf Sie gewartet, Kommissarin."

Rush bog auf den Parkplatz des Polizeireviers ein und rollte auf einen Stellplatz. Als er neben dem Fahrersitz nach unten langte, sah Carol sich um und wurde sich bewußt, daß auf dem Platz keine weiteren Fahrzeuge standen. Ihre Nackenhaare kribbelten, und sie griff nach dem Revolver im Schulterhalfter.

„Lassen Sie das!" Rush hatte seinen Dienstrevolver auf sie gerichtet. Er rammte ihn ihr in die Seite. „Beide Hände raus, damit ich sie sehen kann."

Carol gehorchte nicht. Ihre Fingerspitzen berührten das kühle Metall der Beretta. Die Möglichkeiten abschätzend, sah sie ihm fest in die Augen. „Sie machen einen Fehler, Doug. Legen Sie den Revolver nieder, und wir werden es besprechen."

„Kommt nicht in Frage!" Schweiß lief ihm über das Gesicht, und er zitterte so heftig, daß der Lauf seines Revolvers gegen ihre Rippen stieß. „Rick? Wo zum Teufel steckst du?" brüllte er.

Die hintere Tür des Wagens öffnete sich, und ein Mann glitt hinter Carol. „Hör auf zu schreien, du Arschloch."

Der Mann packte Carol von hinten bei der Kehle. Er zog ihren Kopf heftig gegen die Kopfstütze und sagte: „Siehst du das, Miststück? Das ist eine vierundvierziger Magnum mit Hohlpunktmunition. Sie wird dir den Kopf wegblasen, also versuch gar nicht erst, deinen Revolver zu ziehen."

Doug Rush öffnete ihre Jacke und zog die Beretta heraus. „Ich hab' ihn!"

„Gib mir die Waffe, und durchsuch sie – vielleicht hat sie noch was bei sich."

Ungeschickt fummelte der aufgeregte Polizist in Carols Taschen, und der Mann auf dem Rücksitz fuhr ihn an: „Beeil dich. Wir müssen hier weg."

Sein Griff um ihre Kehle würgte sie fast. „Halt die Schnauze, Miststück."

Carol verdrehte den rechten Fuß, so daß die über ihren Knöchel geschnallte Glock gegen den Sitz gedrückt wurde. Rush, ungeschickt zusammengekrümmt in dem beengten Raum, fuhr flüchtig mit den Händen über ihre Jeans.

„Sie ist sauber."

„Dann fahr!" Er stieß Carol den Lauf seines Revolvers unters Kinn. „Sitz ruhig und genieß die Fahrt. Wenn du irgendwas versuchst, wird es das letzte sein, was du machst."

Während der Wagen beschleunigte, schätzte Carol ihre Situation ein. Der Verkehr war gering, und sie fuhren über Nebenstraßen, die aus der Stadt direkt aufs Land führten. Madeline würde annehmen, sie sei wegen des Falls fortgerufen worden, und selbst wenn Alarm geschlagen wurde, war es sehr unwahrscheinlich, daß irgend jemand, der vielleicht gesehen hatte, wie sie in das Auto stieg, sich an den Vorfall erinnerte.

Der Mann auf dem Rücksitz sagte zu Rush: „Ruf über das Handy an und gib Bescheid, daß wir sie haben."

Rush griff in die Seitentasche in der Tür und holte ein mobiles Telefon heraus. Mit dem Lenkrad jonglierend, zog er die Antenne heraus und drückte den Code für eine einprogrammierte Nummer. Er hielt das Handy ans linke Ohr, und Carol hörte das ferne Geräusch des Klingelns. Ein Klick sagte, daß abgenommen wurde. Rush erklärte: „Es ging alles nach Plan. Die Ware ist sicher. Wir sind jetzt auf dem Weg." Er wartete die Antwort nicht ab und unterbrach die Verbindung.

Carol vermutete, daß der Mann hinter ihr, der ihr die Magnum ins Genick drückte, Rick Turner war. Seine Hand umklammerte immer noch ihre Kehle, so daß sie keine Möglichkeit hatte, sich zu bücken und nach ihrer Pistole zu greifen. Sie war zwar klein, enthielt aber zehn Schuß, falls sie je die Gelegenheit zum Schießen bekam.

„Sie sind Rick Turner, stimmt's? Ich habe mit Ihrer Schwester gesprochen." Beim Verhandeln mit Geiselnehmern gehörte es zur Standardpraxis, eine Art persönlicher Beziehung zu ihnen aufzubauen und sie so oft wie möglich beim Namen zu nennen. „Sie schien sich Sorgen um Sie zu machen, Rick."

Er gab einen verächtlichen Laut von sich. „Hannah interessiert sich einen Scheiß für andere, außer für sich. Halt die Schnauze. Ich bin nicht in Gesprächslaune."

Carol warf einen Blick auf Doug Rush. Seine Hände umklammerten das Lenkrad so fest, daß die Knöchel weiß hervortraten, die Muskeln an seinem Kinn spannten. „Wohin fahren wir, Doug?"

Rush drehte den Kopf, und Carol merkte, daß er gleichzeitig verschreckt und überdreht war. „Rick sagte, Sie sollen die Schnauze halten."

Er war die Schwachstelle. „Je länger dies dauert, um so schlimmer wird es für Sie, Doug. Sie können noch immer aussteigen – noch ist es nicht zu spät", erklärte Carol bedauernd.

Ihre Ohren dröhnten, als Rick ihr die Magnum an den Kopf schlug. „Ruhe, oder es setzt wirklich was."

Carol schwieg. Sie war sicher, daß beide zum Geheimen Kreis gehörten, und sie machte sich keine Illusionen, daß sie sie laufen lassen würden. Sie versuchte zu entspannen und ihre Kräfte zu schonen. Realistischerweise hatte es keinen Sinn, im Auto etwas zu unternehmen, da Rick Turner hinter ihr auf dem Rücksitz lauerte. Sie glaubten, sie wäre unbewaffnet, und vielleicht ergab sich eine Gelegenheit, wenn sie ihr Ziel erreicht hatten. Sie erkannte eine Abzweigung wieder und merkte, daß sie auf dem Weg zum Grundstück der Cosil-Ross' waren. Aber sie fuhren am Tor vorbei noch einige Kilometer weiter.

Turner befahl von hinten: „Ruf an und sag, daß wir in zwanzig Minuten da sind." Er lachte hämisch. „Bin sicher, daß ein Begrüßungskomitee dasteht."

Gehorsam holte Rush das Handy hervor und drückte die automatische Wiederwahlfunktion. „Zwanzig Minuten", sagte er. „Unser Passagier ist in Gewahrsam, und wir sind nicht mehr weit vom oberen Tor."

„Sieh dich gut um, Miststück", sagte Turner. „Du siehst es nicht wieder." Er bohrte den Lauf der Magnum in die Kuhle unter ihrem Ohr. „Willst du wissen, was mit dir passieren wird? Wirst du flennen und heulen wie Bayliss?"

„Sie gehörten zu dem Erschießungskommando?"

Carols kalte Frage schien Konstabler Rush zu amüsieren. „Man könnte sagen, daß Rick *da* war", gluckste er. „Aber er ist ein so mieser Schütze, daß ich schätze, er hat nichts in der Nähe des Ziels getroffen."

„Halt's Maul, verdammt", fuhr Turner ihn an.

Wut war immer eine Ablenkung. In der Hoffnung, ihn aufstacheln zu können, sagte Carol zu Turner: „Sie haben eine Zweiundzwanziger benutzt. Richtig?"

„Weiberpistole", antwortete Rush, während er vor einem mit einem Vorhängeschloß verschlossenen Tor, das quer über die Straße ging, anhielt.

Als Rush ausstieg, um es zu öffnen, spannte Carol sich an. Rick Turner zischte: „Das läßt du schön bleiben."

Rush fuhr durch das Tor und ging dann zurück, um es wieder zu sichern. Carol sah sich um. Soweit sie sich an die Karte erinnerte, die sie gesehen hatte, befanden sie sich am westlichen Ende des Cosil-Ross-Tals, wo das ursprüngliche Farmhaus stand.

Sie fuhren über eine gut gepflegte Straße, die in einer Reihe sanfter Kurven durch Land, das offensichtlich nie bearbeitet worden war, talabwärts führte. Dichte Vegetation säumte die Straße, und Carol erhaschte einen Blick auf hoch aufragende Sandsteinklippen.

„Ziemlich wild hier", sagte Rick Turner mit Behagen. „Du könntest sterben, und niemand würde dich finden."

Unter ihnen kamen Metalldächer in Sicht. Die sich allmählich senkende Straße endete auf der Talsohle in einer eleganten Kurve. Carol war angespannt und merkte sich alles, was sie sah. Für den Fall einer Flucht brauchte sie eine klare Vorstellung, wo und in welcher Beziehung zueinander sich die Dinge befanden. Sie stellte sich die Karte an der Wand des Wohnzimmers vor, auf der Stuart Cosil-Ross ihr verschiedene Punkte erläutert hatte.

Das ursprüngliche Gehöft, gebaut nach dem gleichen Muster wie das neuere, war nicht annähernd so imposant, aber immer noch von beachtlicher Größe. Daneben stand die klotzige Häßlichkeit eines offensichtlich neuen Gebäudes aus Wellblech mit riesigen Doppeltüren.

Dort wartete ein Begrüßungskomitee. Mehrere Männer und Frauen in paramilitärischen Tarnanzügen standen da. Zwei davon erkannte sie. Der eine war Scott Agar, der sie triumphierend angrinste. Der zweite war der Mann, der ihnen entgegenkam, sein Bauch spannte die khaki-grüne Uniform. „Aussteigen", bellte Herb Bennett. „Und Hände hinter den Kopf."

Als Rick Turner nach Carol aus dem Wagen stieg, sah sie ihn zum erstenmal. Er war klein und sehnig, hatte glattes, fettiges Haar und einen nachgiebigen Mund mit dicken Lippen. Er grinste sie breit an. „Na, hast du Angst, du Schlampe? Solltest du."

„Das reicht", sagte Bennett zu ihm.

Sobald sie ausgestiegen waren, wendete Doug Rush den Wagen und fuhr den Weg zurück, den sie gekommen waren.

„Er geht los und schickt Ihre Kumpel auf eine falsche Fährte", erklärte Turner höhnisch. „Wir haben arrangiert, daß Millet von einem Typ, den er kennt, den Tip bekommt, Sie seien aus dem Bezirk herausgebracht, und Rush wird mit der gleichen Information aufwarten."

Herb Bennett sah ihn kalt an. „Du redest zuviel, Turner."

Zwei Männer und drei Frauen brachten Carol zur Rückseite des Farmhauses. Dort, wo früher der Gemüsegarten gewesen war, gleich neben der Hintertür, standen drei Hütten aus Beton. Carol wurde in die erste Hütte gestoßen und die Tür hinter ihr verrammelt. Sie hörte das Rasseln eines Vorhängeschlosses, das eingeklinkt und abgeschlossen wurde.

Aus einer Reihe enger Löcher, die zwischen den Betonblöcken der obersten Reihe direkt unter dem flachen Metalldach ausgespart waren, kam Licht. Auf dem Boden lagen eine Matratze und ein zusammengefaltetes graues Bettlaken, daneben stand ein alter Speiseeisbehälter, gefüllt mit Wasser. Ansonsten war die Zelle leer.

Nachdem sie den engen Raum untersucht hatte, sank Carol auf die Matratze. Sie mußte entscheiden, was sie mit dem Revolver machte, den sie noch am Leib hatte. Bei einer gründlichen Durchsuchung würde er unweigerlich gefunden werden. Herb Bennett hatte gesagt, sie würde später die Oberbefehlshaberin kennenlernen. „Sie will Sie selbst befragen", hatte er gesagt, und sein Tonfall deutete an, daß Carol das für eine Ehre halten sollte.

Carol rechnete damit, man würde sie durchsuchen, um sicherzugehen, daß sie keine Gefahr war, bevor man sie mit der Frau zusammenbrachte. Dabei würde man mit Sicherheit die Pistole finden.

Wenn sie sie aber in der Zelle versteckte, hätte sie zeitweise das Einzige aufgegeben, das ihr die Flucht ermöglichen könnte. Und was, wenn sie sie woandershin brachten und nicht hierher zurück?

Wofür sie sich auch entschied, es war ein Glücksspiel. Und wenn sie sich falsch entschied, würde ihr Leben der Preis sein.

Nach vier Stunden kamen zwei bewaffnete Männer sie holen. Sie trugen die ihr schon vertrauten Milizuniformen, Seitenwaffen am Gürtel und Gewehre.

„Hände hinter den Kopf", sagte der eine, dessen Benehmen darauf deutete, daß er die Verantwortung trug. „Gehen Sie vor uns her."

„Ich brauche zuerst ein Badezimmer." Das stimmte, aber Carol wollte außerdem jeden möglichen Fluchtweg auskundschaften.

Sie wurde ins Farmhaus geführt, durch die Küche in einen Flur. „Da ist die Toilette." Der Anführer lächelte sie eisig an. „Raus kommen Sie nicht, also verschwenden Sie nicht Ihre Zeit. Sie haben zwei Minuten."

Er hatte nicht gelogen. Das einzige Fenster des winzigen Badezimmers saß hoch oben in der Wand und war mit Brettern vernagelt. Sie benutzte die Toilette, und während das Wasser rauschte, untersuchte sie die Schränke. Alle waren leer. Nichts, das sich als Waffe geeignet hätte.

Es klopfte gebieterisch an die Tür. „Raus da!"

Sie wurde zur Vorderseite des Farmhauses gebracht und feierlich einer Art Ehrengarde übergeben. Aus einem Raum kamen ein Mann und eine Frau und nahmen Haltung an. „Die Gefangene. Überstellt in gutem Zustand."

„Gesicht zur Wand und Beine spreizen", sagte die Frau. Sie war jung, gerade erst zwanzig, aber ihr Gesicht war über ihr Alter hinaus hart.

Sie durchsuchte Carol gründlich, dann trat sie zurück.

„Legen Sie Ring und Uhr ab." Carol reichte ihr den Opalring und ihre goldene Uhr. Die junge Frau steckte beides in die Brusttasche ihrer Uniformjacke, knöpfte die Klappe zu und sagte: „Die Gefangene ist sauber." Sie und der zweite Wachposten zogen ihre Seitenwaffen. „Eintreten!"

„Es tut mir leid, daß ich Sie warten ließ", sagte Lizbeth Hamilton. „Aber ich mußte über den Umzug berichten für die Zeitung. Es wäre aufgefallen, wenn ich nicht da gewesen wäre."

Sie wirkte fast reizend in ihrer Uniform, die Farben paßten zu ihrem rötlichen Haar.

Der Raum war als Kommandozentrale eingerichtet, eine Wand bedeckten Diagramme und Karten aller australischen Bundesstaaten mit bunten Nadeln. Auf einem langen Tisch lagen weitere Karten und Dokumente.

Carol sagte: „Ich hatte halb erwartet, Elaine Cosil-Ross hier zu sehen."

„Elaine und Stuart sind Förderer des Geheimen Kreises, zwei von den vielen, die uns unterstützen." Lizbeth bot Carol einen Stuhl an, der mitten im Zimmer stand. „Sie wären erstaunt, wenn Sie wüßten, wie viele besorgte Bürger das tun."

Die zwei Wachen postierten sich zu beiden Seiten von Carols Stuhl.

„Sie haben bereits demonstriert, daß Sie zurückschlagen können", sagte Lizbeth. „Und selbstverständlich bewundere ich das, aber ich muß darauf hinweisen, daß meine Wache auf Sie schießen wird, wenn Sie sich rühren. Nicht Sie töten – das kommt später –, aber Ihnen ein Maximum an Schmerz zufügen."

„Warum nicht gleich töten, wenn es sowieso darauf hinausläuft?"

Lizbeth blickte sie anerkennend an. „Ich sehe, daß Sie

nicht zu Kreuze kriechen wollen. Wir sind keine Barbaren, Carol. Sie kommen vor ein ordentlich zusammengesetztes Volksgericht. Wenn Sie schuldig befunden werden, wird das Urteil vollstreckt. Da es sich um ein Kapitalverbrechen handelt, wird die Todesstrafe ausgesprochen werden."

„Ich habe das Recht, zu erfahren, wessen ich beschuldigt werde, nehme ich an?"

„Als Angehörige der institutionalisierten Unterdrükkung haben Sie sich gegen alle freien Bürger unseres Landes vergangen. Mehr noch, Sie wollen vor allem den Geheimen Kreis zerstören. Und durch Ihren Kampf gegen uns vereiteln Sie den Willen des Volkes."

„Ihre Interpretation des Volkswillens."

Betrübt über Carols Widerborstigkeit schüttelte Lizbeth den Kopf. *„Sie* sind die Agentin der Weltregierung. *Wir* sind die wahren Vertreter der freiheitsliebenden Bürger. Da Sie freiwillig die Mächte der Tyrannei unterstützen, sind Sie so schuldig wie die, die Sie führen. Wir haben das legale und unveräußerliche Recht, die Feinde der Menschen zu verurteilen und zu bestrafen."

„Und das war Ihre Rechtfertigung für die Bombe, die Sergeant Griffin tötete?"

Carols Verachtung rührte Lizbeth nicht. „Vielleicht haben Sie noch nicht begriffen, daß wir im Krieg sind", sagte sie. „Griffin war eine Bedrohung für unsere Sicherheit. Er stellte zu viele Fragen, er kam der Wahrheit zu nahe, also mußte er ausgeschaltet werden. Herb Bennett sagte ihm am Telefon, jemand habe für ihn ein Päckchen mit alten historischen Aufnahmen abgegeben. Wir wußten, daß er begierig war, den Inhalt zu sehen, aber es war bedeutunglos, ob Griffin das Paket im Auto oder sonstwo öffnete."

„Dabei hätte leicht noch jemand umkommen können."

Lizbeth zuckte die Achseln. „Im Krieg gibt es Opfer."

„Und was taten Dean Bayliss und Wayne Bucci, das Ihnen genügte, sie zu exekutieren?"

„Dies ist eine entscheidende Zeit." Lizbeths Stimme schwoll vor Stolz. Sie zeigte auf die Karten an der Wand. „Wir sind kurz davor, am Sitz der Macht in allen Staaten unseres Commonwealth zuzuschlagen. Freiheitsliebende Menschen werden die Operation Freiheit als Signal begreifen und sich erheben, um ihre Unterdrücker zu zerstören. Diese wesentlichen Schläge müssen rasch und rücksichtslos durchgeführt werden, deswegen ist absolute Geheimhaltung notwendig."

Gegen diesen fanatischen Glauben zu argumentieren, war sinnlos, aber Carol sagte noch: „Welches Verbrechen hatten die Männer begangen, das den Tod durch ein Erschießungskommando rechtfertigt?"

Lizbeth runzelte die Stirn. „Ich versuche zu erklären, und Sie weigern sich, zuzuhören." Sie klang wie eine beleidigte Lehrerin. „Ich sage es noch einmal. Ihr Verbrechen war Hochverrat an den freien Bürgern Australiens. Bucci wurde in diesem Raum verhaftet, und offensichtlich war Bayliss ebenso schuldig, denn Rick Turner bezeugte, Bayliss habe ihn als neues Mitglied geworben. Wir waren nicht in der Lage, zu entscheiden, ob sie von Ihrer korrupten Regierung bezahlt wurden, aber jeder, der die Operation Freiheit verraten könnte, muß eliminiert werden. Diese Männer haben ihre Hinrichtung verdient, und sie wurde nach dem fairen und ausführlichen Urteil des Gerichts vollstreckt."

Die ganze Zeit hatten die beiden Wachen an Carols Seite geschwiegen, aber als Lizbeth endete, sagte jetzt der Mann: „Ich salutiere vor dem Geheimen Kreis."

Unter anderen Umständen hätte seine primitive Überzeugung belustigen können. Hier machte sie frösteln. Carol bemühte sich, sich nichts anmerken zu lassen. „Was ist mit Kent Agar? Er steht für viele der Dinge, die Sie tun?"

„Agar", sagte Lizbeth voll Abscheu. „Er ist der Schlimmste von allen – ein Schwächling, ein Verräter. Er war eine unserer Stimmen in der Regierung, unsere Verbindungsleitung zu den Korruptionen, die die Neue Weltordnung plant. Aber als er unsere Kühnheit sah, unsere Tapferkeit, unsere Bereitschaft, alles für den Sieg zu riskieren, wurde er kraftlos und bekam Angst."

„Warum haben Sie ihn nicht auch getötet?"

Lizbeth sah sie nachsichtig an. „Carol, wir sind nicht dumm. Kent Agar ist unser Kanal zu den korrupten Behörden, die uns in Schach halten. Ehrlich gesagt, er ist lebend für den Geheimen Kreis wertvoller."

„Deshalb haben Sie ihn gewarnt."

„V wie Verräter. Eine Botschaft, die er nicht mißverstehen konnte. Und um ganz sicherzugehen, daß Kent schwieg, ließ ich das Medaillon, das sein Sohn meiner Tochter gegeben hatte, am Tatort hinterlegen." Sie verschränkte die Arme und lehnte sich gegen den Tisch. „Kent Agar wird zu uns zurückkehren", sagte sie selbstgefällig. „Sein Sohn hört bereits den Ruf. Er ist von zu Hause weggegangen und in diesem großen Moment in der Geschichte Australiens zu uns gekommen."

Carol heuchelte Interesse, was sie nur schwer über die Lippen brachte. „Was hat der Geheime Kreis vor, das so kühn, so mutig ist?"

Offensichtlich gefiel die Frage. „Ich möchte, daß Sie dies in den Stunden, die bis zu Ihrer Verhandlung noch bleiben, bedenken..." Lizbeth zeigte auf die Karten der Bundesstaaten. „Die roten Nadeln bezeichnen die Punkte, wo unsere militanten Gruppen mit der Operation Freiheit starten. Sie werden morgen früh von hier aufbrechen, um zu garantieren, daß Mittwoch alle an ihrem Platz sind." Sie lächelte erwartungsvoll. „Sie werden nicht hier sein und es sehen, aber wir werden zeitgleich in allen großen Städten zuschlagen. Wie, das geht Sie nichts an, aber es wird schnell und sicher sein."

„Sarin", sagte Carol.

Schockiert fuhr Lizbeths Kopf hoch. „Woher wissen Sie das?" Aufgeschreckt durch die Heftigkeit ihrer Führerin, rückten die beiden Wachposten näher an Carol heran.

„Woher wissen Sie das?" wiederholte Lizbeth.

Als Carol beharrlich schwieg, trat Lizbeth vor ihren Stuhl. Sie senkte das Kinn, starrte Carol unverwandt in die Augen und sagte dann: „Ich muß genau wissen, was Sie wissen. Und Sie werden es mir sagen, seien Sie da ganz sicher. Nichts darf zugelassen werden, das diese Anschläge für die Freiheit verhindert. Ich gebe Ihnen eine kleine Weile zum Nachdenken und frage Sie dann noch einmal. Wenn Sie sich weigern, werden wir Sie zum Sprechen bringen."

Sie winkte den Wachposten. „Bringt sie in die Zelle zurück. Ich will sie in einer halben Stunde wiedersehen."

16

Roh in die Zelle zurückgestoßen, wartete Carol, bis sie das Klicken des Vorhängeschlosses hörte, und wühlte dann unter der Matratze. Die Glock in ihrem Halfter war noch da. Mit zitternden Fingern schnallte sie sie um. Sie hatte keinen Zweifel: Wenn sie sich weigerte zu kooperieren, würde Lizbeth Hamilton ruhig danebenstehen und zusehen, wie sie gefoltert wurde.

Carol wußte, daß sie wahrscheinlich wieder durchsucht werden würde, bevor ihr erlaubt wurde, vor die Oberbefehlshaberin zu treten. Carol wußte, daß sie versuchen mußte zu fliehen, wenn sie aus der Zelle geholt wurde. Sie ging in dem engen Raum auf und ab und atmete tief, um sich vorzubereiten. Ohne Uhr konnte sie die Zeit nur raten. Es war früh am Nachmittag, und lieber hätte sie bis zur Dunkelheit gewartet, aber die Umstände erlaubten das nicht.

Sie legte sich einen Plan zurecht. Wie beim erstenmal, nahm sie an, würden zwei Milizionäre sie zur Kommandozentrale eskortieren. Wenn sie die Zellentür öffneten, würden sie auf der Hut sein, und dann würden sie sie vor sich her zum Gehöft gehen lassen. Sie würde darum bitten, wieder die Toilette benutzen zu dürfen, die handtellergroße Glock in der Hand verbergen und versuchen, beide zu verwunden oder zu töten, wenn sie aus dem Badezimmer kam.

Zehn Schüsse. Sie nahm den Revolver heraus und überprüfte ihn noch einmal. Neun Schuß im Magazin. Einer in der Kammer. Sie ließ den Revolver in das Halfter am Fußknöchel zurückgleiten. Wenn sie die beiden mit je einem Schuß erwischte, blieben ihr acht. Sie erinnerte sich an die Stimme eines Trainers: *Es ist ein kleines Ziel, aber ein Kopfschuß, wenn du ihn hinkriegst, bringt sie zu Boden, schnell.*

Die Stahltür vibrierte von einem schweren Schlag. „Aufwachen, aufwachen, Miststück!" Das war Rick Turners feixende Stimme. „Wir kommen dich holen!"

Sie stand, balancierte ihr Gewicht auf den Zehenspitzen, atmete tief. Die Sonne stach ihr in die Augen, als die Tür aufflog. Rick Turner stand da und grinste. Er hatte sich umgezogen und trug jetzt einen Tarnanzug und ein Sturmgewehr.

„Möchtest du überzeugt werden, zu reden?" fragte er. Mit einer einzigen Bewegung trat er in die Zelle und stieß ihr den Gewehrkolben ins Gesicht.

Carol hörte ihre Nase brechen. Sie knallte gegen die Wand, der Schmerz brannte in ihrem Gesicht wie eine feurige Blume. Sie bückte sich und griff nach der Glock.

Lachend stand er über ihr. Er hob das Gewehr, den Kolben auf sie gerichtet. „Nicht mehr ganz so schön, was? Da ist noch einer."

Der Schuß traf ihn voll ins Gesicht. Er gab keinen Ton von sich, sondern fiel wie eine Marionette, der die Fäden durchtrennt wurden.

„Was zum Teufel..." Die massige Gestalt des zweiten Posten füllte den Eingang und schloß das Licht aus. Ungläubig starrte er auf Turners Leiche, dann legte er an. Carol zielte mit beiden Händen und schoß. Er sackte zusammen, und Sonnenlicht fiel in den Raum

Dann war sie draußen und rannte.

Sie spurtete um die Hausseite zwischen die dort geparkten Fahrzeuge. Hinter ihr schrie jemand. Eine Frau kam aus der Wellblechscheune. Sie glotzte Carol an, dann griff sie nach ihrer Seitenwaffe.

Carol drückte einen Verzweiflungsschuß ab und verfehlte das Ziel, die Kugel streifte bloß die Metallwand der Scheune. Die Frau schoß, aber auch sie verfehlte ihr Ziel.

Carol rannte so schnell, daß sie gegen die Seite des ersten Transporters stieß. Sie riß die Fahrertür auf. Kein Schlüssel im Zündschloß.

Noch mehr Schreie. Zwei Schüsse. Der eine schlug neben ihren Füßen in den Boden, der andere prallte von Metall ab und hätte sie fast im Gesicht getroffen. Keuchend rannte Carol zum nächsten Fahrzeug, einem roten Toyota mit Allradantrieb.

Schlüssel glänzten am Armaturenbrett. Sie sprang hinein. Es gab keine Zeit, die Tür zu schließen. Der Motor sprang an. Als sie Gas gab, schwang sich ein Mann mit angelegtem Revolver in die Fahrerkabine.

Carol sah den Lauf des Revolvers. Sie riß das Lenkrad herum. Der Toyota bockte, und fast wäre der Mann hinausgeschleudert worden. Der in der engen Kabine ohrenbetäubende Schuß ging durchs Wagendach.

Der Mann fing sich und zielte auf ihr Gesicht. Sie stieß ihm die Glock auf die Brust und drückte ab. Er grunzte, sein Revolver schwankte, aber er ließ den Türrahmen nicht los. Wieder zog sie den Abzug. Er fiel.

Bei immer noch offener Wagentür trat Carol das Gaspedal durch. Ein Hagel von Schüssen zersplitterte die Heckscheibe. Sie holperte über unebenen Boden und erreichte endlich die asphaltierte Straße.

Sie riskierte einen Blick zurück. Zwei Fahrzeuge folgten ihr. Rot spritzte in ihren Schoß. Für einen Moment nahm sie an, eine Kugel hätte sie getroffen, aber das Blut lief ihr aus der Nase.

Sie waren dicht hinter ihr und holten auf. Carol nahm die erste Kurve so schnell, daß sie Mühe hatte, den Wagen auf der Straße zu halten. Der Motor heulte auf, als sie herunterschaltete und die erste Steigung hinauffröhrte. Die Viehkoppeln lagen hinter ihr, wilder Busch säumte die Straße.

Sie warf einen Blick in den Rückspiegel. Sie waren ein bißchen zurückgefallen. Noch eine Kurve. Zweige schlugen gegen die Seite des Wagens, als sie über den Straßenrand schleuderte. Sie kämpfte mit dem Lenkrad und kam wieder auf die Straße.

Ein weiterer Geschoßhagel. Der Wagen schmierte ab, und sie begriff: Die Hinterreifen waren getroffen. Sie drehte wild das Lenkrad, aber der Allradantrieb war außer Kontrolle. Er kam von der Straße ab, streifte einen Baum, dann neigte er sich und schlingerte mit wachsender Geschwindigkeit ein tief eingeschnittenes, jetzt ausgetrocknetes Bachbett hinunter. Vor ihr verschwamm Grün; das Geräusch der Zweige, die gegen die Windschutzscheibe schlugen, war betäubend. Plötzlich platzte die Scheibe und überschüttete sie mit Glas.

Ein riesiger Findling tauchte schemenhaft vor ihr auf. Als die wilde Jagd zu einem plötzlichen ruckenden Halt kam, wurde Carol gegen das Lenkrad geschleudert.

In der plötzlichen Stille hörte sie laute Kommandos. Sie sah auf den Revolver, den sie noch umklammert hielt. Fünf Schuß, dann wäre sie ohne Verteidigung.

Sie zog sich aus dem Wrack und stolperte über den felsigen Boden des Bachbetts. Sie hörte, wie sie einander zuriefen, während sie den Hang herunterkamen. Sie waren ausgeschwärmt, um ihr den Fluchtweg abzuschneiden.

Die gegenüberliegende Seite des Ufers stieg fast senkrecht hoch. Sie machte sich an den verzweifelten Aufstieg, kraxelnd und rutschend. Steine rollten herab, als sie sich auf die Felskante hievte. Ein Schuß fiel. Jemand brüllte: „Die Kommandantin will sie lebend!"

Sie sah hinunter – mehrere ihrer Verfolger hatten begonnen, ihr nachzuklettern. Nach Atem ringend stemmte sie sich über die Kante und kam auf die Füße. Ein tiefes ratterndes Geräusch füllte die Luft. Ein Hubschrauber tauchte auf und flog dicht über die Baumwipfel. Einen

Moment stand er still, der Abwind peitschte die Vegetation, dann drehte er ab und flog zur Straße. Die Männer unter ihr kletterten eilig abwärts.

Carol kämpfte sich durch Buschwerk und fiel gegen einen Baumstamm. Die Schmerzen, die sie während der Flucht auf Distanz gehalten hatte, überschwemmten sie in schwindelerregenden Wellen. Sie öffnete die Augen. Von weit her rief Denises Stimme ihren Namen. „Carol? Wo sind Sie? Die Armee ist da." Es schien eine Ewigkeit, bis sie sie kommen hörte. „Carol!"

Carol versuchte zu lächeln. „Ist es so schlimm?"

Denise kniete neben ihr. „Tut mir leid, daß es so lange gedauert hat. Wir haben die Handygespräche aufgefangen, deshalb hatten wir eine ziemlich genaue Vorstellung, wo Sie waren. Aber es dauerte eine Zeit, bis wir den Rettungstrupp zusammenhatten." Sie löste Carols Finger von der Glock. „Die brauchen Sie nicht mehr."

„Und Lizbeth Hamilton?"

Denise grinste. „In Handschellen und tobend. Sie hat es sehr übel vermerkt, daß wir ihr Sarin konfisziert haben. Es war sauber verpackt und fertig zum Abtransport."

17

Carol seufzte ungeduldig. Der diensteifrige kleine Arzt, der sie gerade untersucht hatte, erklärte, er würde sie vor morgen nicht entlassen. „Und für Ihre Nase werden Sie einen Schönheitschirurgen brauchen", war sein Mut machender abschließender Kommentar.

Sie hatte sich im Spiegel kaum wiedererkannt. Sie hatte zwei blaue Augen, ihr Gesicht war geschwollen, und über ihr Kinn zog sich ein langer, böser Kratzer.

Obwohl sie zwei gebrochene Rippen hatte und ihr Gesicht bei jeder Berührung weh tat und ihr schwindlig wurde, als sie versuchte aufzustehen, wollte sie raus aus diesem kratzenden Krankenhaushemd und in ihre eigenen Kleider und bloß weg von hier.

Sie spielte mit dem schwarzen Opalring, den Denise ihr wiedergegeben hatte, dann legte sie sich zurück und inspizierte die weiße Zimmerdecke. Ihr war nicht nach Lesen zumute, obwohl Anne und Mark Bourke sie mit Zeitschriften versorgt hatten. Und ganz bestimmt war ihr nicht danach zumute, auch nur irgend etwas von dem kunstvoll zusammengestellten Früchtekorb zu essen, den Madeline persönlich gebracht hatte, bevor sie nach Sydney zurückgekehrt war, um ein *Shipley Report-Special* über den Geheimen Kreis zu moderieren, der ihr unzweifelhaft riesige Einschaltquoten einbringen würde.

Carol fuhr mit den Augen die Kanten der Decke entlang, wo deren steriles Weiß mit der ebenso hygienischen Blässe der Wände zusammenstieß. Sie fühlte sich deprimiert, als hätte alles in ihrem Leben an Intensität und Bedeutung verloren. Was betraf sie? *Wer* betraf sie? Sogar ihr Sohn David hatte ein eigenes Leben, an dem sie nicht teilhatte.

„Himmel", sagte eine liebe, vertraute Stimme. „Ich kann dich nicht einmal ein Jahr alleinlassen, und schon kommst du in Schwierigkeiten."

Carols Kehle zog sich zusammen. Sie brachte kein Wort heraus.

„Nicht weinen, Carol", sagte Sybil sanft. „Sonst ruinierst du dein Image."

Offensive Krimis Offensive Krimis Offensive

Kate Calloway, Erster Eindruck
ISBN 3-88104-292-X
Pat Welch, Ein anständiges Begräbnis
ISBN 3-88104-286-5
Pat Welch, Stille Wasser
ISBN 3-88104-249-0
Pat Welch, Das Blut des Lammes
ISBN 3-88104-218-0
Rose Beecham, Fair Play
ISBN 3-88104-284-9
Rose Beecham, 2x darfst du raten
ISBN 3-88104-271-7
Rose Beecham, Ihr Auftritt, Amanda
ISBN 3-88104-248-2
Lauren Wright Douglas, Lavendelbucht
ISBN 3-88104-291-1
Lauren Wright Douglas, Die Wut der Mädchen
ISBN 3-88104-263-6
Lauren Wright Douglas, Jahrmarkt des Bösen
ISBN 3-88104-250-4
Lauren Wright Douglas, Herz der Tigerin
ISBN 3-88104-236-9
Claire McNab, Geheimer Kreis
ISBN 3-88104-290-3
Claire McNab, Marquis läßt grüßen
ISBN 3-88104-277-6
Claire McNab, Bodyguard
ISBN 3-88104-264-4
Claire McNab, Das Ende vom Lied
ISBN 3-88104-242-3
Claire McNab, Ausradiert
ISBN 3-88104-217-2
Claire McNab, Tod in Australien
ISBN 3-88104-214-8

Offensive Krimis Offensive Krimis Offensive

Offensive Krimis Offensive Krimis Offensive

Nikki Baker, Goodbye für immer
ISBN 3-88104-279-2

Nikki Baker, Lady in Blau
ISBN 3-88104-256-3

Nikki Baker, Chicago Blues
ISBN 3-88104-235-0

Kitty Fitzgerald, Die Frau gegenüber
ISBN 3-88104-222-9

Lisa Haddock, Finaler Schnitt
ISBN 3-88-104-285-7

Lisa Haddock, Falsche Korrektur
ISBN 3-88104-278-4

Ellen Hart, Kleine Opfer
ISBN 3-88104-272-5

Ellen Hart, Tödliche Medizin
ISBN 3-88104-257-1

Ellen Hart, Lampenfieber
ISBN 3-88104-243-1

Ellen Hart, Winterlügen
ISBN 3-88104-237-7

Ellen Hart, Dünnes Eis
ISBN 3-88104-229-6

Penny Mickelbury, Nachtgesänge
ISBN 3-88104-270-9

Penny Mickelbury, Schattenliebe
ISBN 3-88104-258-X

Karen Saum, Panama Connection
ISBN 3-88104-230-X

Karen Saum, Mord ist relativ
ISBN 3-88104-209-1

Penny Sumner, Kreuzworträtsel
ISBN 3-88104-262-8

Penny Sumner, April, April
ISBN 3-88104-244-X

Offensive Krimis Offensive Krimis Offensive